Titre original: Wicked Lover
Copyright © 2011 Tina Folsom
Édité par Anne-Lise Pellat et Vanessa Merly

© Tina Folsom 2025, pour la présente traduction

Photo de l'Auteure : Marti Corn Photography

DU MÊME AUTEUR

Les Vampires Scanguards
La belle mortelle de Samson (#1)
La provocatrice d'Amaury (#2)
La partenaire de Gabriel (#3)
L'enchantement d'Yvette (#4)
La rédemption de Zane (#5)
L'éternel amour de Quinn (#6)
Les désirs d'Oliver (#7)
Le choix de Thomas (#8)
Discrète morsure (#8 ½)
L'identité de Cain (#9)
Le retour de Luther (#10)
La promesse de Blake (#11)
Fatidiques Retrouvailles (#11 ½)
L'espoir de John (#12)
La tempête de Ryder (#13)
La conquête de Damian (#14)
Le défi de Grayson (#15)
L'amour interdit d'Isabelle (#16)
La passion de Cooper (#17)
Le courage de Vanessa (#18)
La séduction de Patrick (#19)
Ardent désir (Nouvelle)

Les Gardiens de la Nuit

Amant Révélé (#1)

Maître Affranchi (#2)

Guerrier Bouleversé (#3)

Gardien Rebelle (#4)

Immortel Dévoilé (#5)

Protecteur Sans Égal (#6)

Démon Libéré (#7)

Les Vampires de Venise

Nouvelle 1 : Raphael & Isabella

Nouvelle 2 : Dante & Viola

Nouvelle 3 : Lorenzo & Bianca

Nouvelle 4 : Nico & Oriana

Nouvelle 5 : Marcello & Jane

Hors de l'Olympe

Une Touche de Grec (#1)

Un Parfum de Grec (#2)

Un Goût de Grec (#3)

Un Souffle de Grec (#4)

Nom de Code Stargate

Ace en Fuite (#1)

Fox en Vue (#2)

Yankee dans le Vent (#3)

Tiger à l'Affût (#4)

Hawk en Chasse (#5)

La Quête du Temps

Changement de Sort (#1)

Présage du Destin (#2)

Thriller

Témoin Oculaire

Le club des éternels célibataires

L'escort attitrée (#1)

L'amante attitrée (#2)

L'épouse attitrée (#3)

Une folle nuit (#4)

Une simple erreur (#5)

Une Touche de feu (#6)

RAPHAEL & ISABELLA

LES VAMPIRES DE VENISE - TOME 1

TINA FOLSOM

1

Venise, Italie — *début des années 1800*

Raphael di Santori n'aurait jamais imaginé mourir noyé. Plutôt un pieu dans le cœur ou brûlé par le soleil. Mais jamais par la noyade. Or, plusieurs vampires craignaient cette issue : leurs cellules très denses et résistantes les rendaient plus lourds que l'eau, ce qui les entraînait aussitôt vers le fond.

C'était exactement ce qu'il venait de lui arriver. Quelques instants plus tôt, il se promenait le long du canal. Maintenant, il était englouti dans ses profondeurs glacées. Il se débattait, essayant de rester à la surface de l'eau, mais son poids l'entraînait inexorablement vers le fond, ignorant ses efforts. Toutes ses forces se retournaient contre lui.

Il n'y avait rien à quoi se raccrocher. Ce canal était bordé de demeures vénitiennes dépourvues de rebords ou de quais, sans les portes d'entrée au niveau de l'eau, qui étaient principalement utilisées pour les livraisons, typiques des grandes maisons de marchands. Les résidents de ces maisons qui bordaient ce canal étroit, insignifiant, mais profond, dans le labyrinthe de Venise, n'avaient pas ce luxe. Ils devaient entrer par les rues du haut, celles qu'il avait empruntées plus tôt.

Le bruit des fêtards du Carnaval parvenait à ses oreilles, assourdies par l'eau. Même s'il hurlait, ils ne l'entendraient pas. Ils étaient trop ivres pour y prêter attention. Dans une foule ivre, il y avait plus que quelques proies potentielles qui se laisseraient approcher, plus que quelques cous juteux dont il pourrait se délecter sans être découvert.

Tout au long de l'année, il avait fait preuve de prudence. Il ne se nourrissait jamais lorsque les rues étaient animées, s'assurant toujours que ses victimes ne se souviendraient pas de ce qui s'était passé. Ce n'était que pendant le carnaval, quand les masques étaient l'accessoire ultime de tout vêtement, qu'il s'était gavé du copieux buffet d'humains.

Avait-il été négligent cette fois-ci ? Quelqu'un l'avait-il repéré ? Sinon, pourquoi avait-il senti une main dans son dos le poussant dans le canal ? S'agissait-il simplement d'un accident causé par un passant ivre ou d'un geste délibéré de quelqu'un qui savait ce qu'il était ? Les Gardiens des Eaux Sacrées l'avaient-ils finalement rattrapé ?

Ses frères et lui craignaient les Gardiens. Personne ne savait comment cette société secrète de marchands et de nobles avait vu le jour. Cependant, au cours des cent dernières années de son existence, il avait remarqué une augmentation inquiétante du nombre de ses amis vampires devenus leurs proies. Nombre d'entre eux avaient disparu une nuit, sans qu'on en entende plus parler. Ils étaient morts d'un coup de pieu dans le cœur ou s'étaient noyés comme il s'apprêtait à le faire.

La main qu'il avait brièvement sentie dans son dos était-elle celle d'un des insaisissables Gardiens ? Insaisissables, car, malgré toutes les enquêtes que lui et les siens avaient menées, tout ce qu'ils avaient pu découvrir était leur symbole : une croix entrecoupée de trois vagues. Ses frères n'avaient jamais capturé qu'un seul membre des Eaux Sacrées. Celui-ci n'avait pas révélé grand-chose de plus que son nom et le symbole, qu'il portait sur un anneau d'onyx noir, avant de leur échapper en se suicidant et d'emporter ses secrets dans la tombe.

Les Gardiens étaient-ils responsables de son calvaire ? L'un d'entre eux l'avait-il poussé, sachant qu'il se noierait ? Quelle importance cela avait-il maintenant ? Dans quelques minutes, il serait mort, sa vie d'immortel prendrait fin. Il pourrirait au fond du canal, son corps ne remonterait jamais à la surface, même s'il se décomposait. Sa densité cellulaire et osseuse serait telle qu'aucune partie de son corps ne serait jamais mise en évidence.

Raphael pensait à sa longue existence. Une vie plus longue que tout être humain n'aurait jamais osé imaginer. Il laissait son frère Dante derrière lui, mais aucune femme ne l'aimait et ne verserait de larmes pour lui. Sa vie était vide. Dans un dernier soupir, il abandonna la lutte et se laissa emporter par les flots.

Isabella Tenderini perçut le léger clapotis de l'eau dans le canal et demanda à son gondolier Adolfo d'accélérer la cadence. Le Grand Canal était très fréquenté en raison des festivités entourant le Carnaval, et elle avait demandé à Adolfo de la ramener chez elle en empruntant les eaux plus calmes.

— Oui, madame, répondit-il, puis il fit avancer la gondole sans effort.

Ses yeux scrutèrent l'obscurité. La lumière intermittente des maisons bordant le canal projetait des ombres inquiétantes le long de l'étroit passage.

— Avez-vous vu quelque chose ?

— Il y a une perturbation dans l'eau juste devant nous, remarqua Adolfo.

— Accostez rapidement !

Son cœur s'emballa alors que ses pensées se bousculaient.

— Dites-moi ce que vous voyez.

— Il semble que quelqu'un soit dans l'eau, Madame.

La crainte la saisit, et avant qu'elle ne s'en rende compte, elle enleva la cape qui protégeait son corps du froid nocturne et la laissa tomber sur le siège à côté d'elle.

— Un enfant ?

— Non, plus grand. Un homme.

Elle éprouva soudain un sentiment de déjà-vu, son cœur lui rappelant sa propre perte. Sans hésiter, elle défit les lacets de son corsage, puis sentit la main d'Adolfo sur son épaule.

— Non, Madame, ce sera trop lourd pour vous. Vous ne pouvez pas sauver un homme. Un enfant, oui, mais pas un homme adulte.

Isabella se retourna vers lui, refusant de se laisser décourager par son inquiétude. Il devait comprendre qu'elle agissait ainsi pour épargner à d'autres femmes la souffrance qu'elle avait dû endurer, pour qu'aucune d'entre elles ne devienne veuve comme elle l'était devenue.

— Je ne peux pas laisser quelqu'un se noyer, vous le savez bien.

Il hocha la tête, reconnaissant l'expression triste dans son regard, mais ne fit rien pour l'empêcher. Son propre époux, un marchand aisé, avait péri noyé dans l'un de ces canaux moins d'un an auparavant. L'argent qu'il lui avait laissé n'avait en rien apaisé sa solitude.

Alors qu'elle enlevait sa robe richement brodée et qu'elle faisait tomber ses jupons dans le fond de la gondole, l'air glacé de février s'engouffra dans sa chemise de nuit. Cependant, elle ne pensait qu'à cet homme dont seules les mains émergeaient de l'eau, comme s'il tentait de s'agripper à une corde invisible. Si elle pouvait le sauver, elle pourrait peut-être retrouver la paix et enfin accepter ce qui était arrivé. Accepter la mort de Giovanni.

— Tenez bon, supplia Isabella, tenez bon encore quelques secondes.

Elle pria pour arriver à temps.

— Je vais vous aider, dit la voix d'Adolfo.

Elle secoua la tête en signe de refus : elle ne permettrait pas à son dévoué serviteur de courir des risques pour elle.

— Non, vous n'êtes pas assez bon nageur.

Alors qu'Adolfo tirait la barque le long du noyé, il lâcha sa rame et se posta derrière elle. Quelques instants plus tard, elle sentit ses mains sur elle.

— Qu'est-ce que c'est ?

Essayait-il de l'arrêter ?

— Une corde. Je vais vous attacher ça autour de la taille.

Il lui passa la corde autour de la taille, pendant qu'elle scrutait les eaux sombres, à la recherche de l'homme. Ses mains avaient disparu sous l'eau. Seuls des remous agitaient encore la surface.

— Dépêchez-vous.

— Je suis prêt.

Elle se jeta dans le canal sans regarder en arrière, les pieds en premier. L'eau glacée lui fit l'effet d'une gifle. Elle retint sa respiration et se laissa entraîner dans les profondeurs troubles des eaux du canal. Isabella sentit la corde se tendre et comprit qu'Adolfo s'assurerait de sa sécurité.

Isabella n'ouvrit pas les yeux, c'était inutile. Cela ne ferait que l'aveugler. Il faisait trop sombre. Même à la lumière du jour, ses yeux seraient tout aussi inutiles pour retrouver le noyé.

Elle battit des jambes et tendit les bras, cherchant une résistance. Rien. Frénétiquement, elle plongea plus profondément, se tourna vers la gauche, puis vers la droite, étirant davantage ses bras. Enfin, elle sentit quelque chose. Elle s'y accrocha avec force, sa main s'agrippant à un bout de vêtement, à une pièce d'étoffe ou à une manche. Le tissu de laine imbibé d'eau était très lourd. Elle tira sur l'étoffe et, à son grand soulagement, le poids confirma qu'elle l'avait trouvé.

La pression dans ses poumons augmenta. Elle lutta contre l'instinct de son corps qui la poussait à reprendre de l'air, sachant que, si elle relâchait son emprise sur lui et cédait à son propre besoin d'air, il serait perdu.

Isabella glissa une main sous l'aisselle de l'homme qui était étonnamment lourd, malgré la flottabilité de l'eau. Il était plus lourd qu'elle ne l'avait prévu. À bout de forces, elle fit signe à Adolfo de tirer sur la corde. Elle parvint à glisser son deuxième bras sous celui du noyé et à battre des jambes avant d'être tirée vers le haut. L'homme dans ses bras était grand. Son corps massif se colla à son corps, ses bras n'arrivant pas à atteindre sa poitrine.

À peine arrivée à la surface, elle prit une profonde inspiration, remplissant ses poumons d'air frais et vivifiant. Le froid mordit sa poitrine, mais elle l'ignora. Elle ignora également le poids mort de l'homme qu'elle tenait dans ses bras. Était-il encore vivant ?

— Vous êtes restée en bas si longtemps, s'exclama Adolfo, la voix plus tendue qu'à l'habitude.

— Il est si lourd, gémit Isabella en essayant de nager vers le bateau.

Mais tout ce qu'elle put faire fut de s'agripper à l'homme et de laisser Adolfo faire le gros du travail. Elle pensa alors qu'il méritait quelques lires de plus en guise de bonus après cette épreuve.

Tandis que le gondolier tirait sur la corde, elle sentit l'inconnu lui échapper. Sans réfléchir, elle écarta ses jambes et les enroula autour de ses hanches pour le retenir fermement. Ce n'était pas très gracieux, ni même très approprié, mais l'homme était inconscient et ne se souviendrait certainement pas de ce qu'elle avait fait.

Quand elle entendit des voix qui approchaient d'elle depuis le fond du canal, elle pria pour qu'on vienne la sauver. Adolfo ne serait pas assez fort pour tirer la gondole avec elle et l'homme à bord. Pour une fois, ses prières furent exaucées.

Ses membres étaient engourdis lorsqu'elle atterrit finalement dans la gondole, grâce à l'aide de deux livreurs bienveillants qui transportèrent l'étranger inconscient dans le bateau juste derrière elle.

Adolfo la couvrit instantanément de sa cape, mais elle savait qu'elle n'était pas la seule à avoir besoin de chaleur. Isabella s'approcha de l'homme qu'elle venait de sauver et l'enveloppa dans sa cape, le serrant contre son corps mouillé pour préserver la chaleur qui lui restait.

Elle ressentit une vague de frissons la traverser et ne put retenir un sourire. Il était bel et bien en vie.

2

Isabella arracha les vêtements mouillés de l'inconnu et les jeta par terre. Sa servante, Elisabetta, resta là, les yeux écarquillés.

— Ne restez pas là, dit-elle, allez allumer un feu !

— Madame, ne devriez-vous pas laisser l'un des domestiques s'en occuper ?

Isabella lui lança un regard agacé.

— Il n'y a pas de place pour la pudeur.

Elle avait déjà perdu beaucoup de temps à enlever ses vêtements mouillés, puis à se sécher, avant d'enfiler une chemise de nuit et une robe de chambre.

Adolfo avait aidé l'inconnu à entrer dans sa chambre et l'avait confortablement installé sur le canapé devant la cheminée. Elle lui avait demandé de ne rien dire à propos de cet individu. La présence d'un inconnu dans sa maison, qui n'était ni son mari ni un parent proche, aurait suscité des rumeurs dans toute la ville de Venise. Pourtant, elle savait que la nouvelle ne tarderait pas à se répandre, probablement par l'un de ses employés.

Bien qu'elle ait pleuré son mari pendant une année entière sans connaître aucun autre homme et en refusant même qu'un homme la courtise de manière appropriée, une veuve respectable ne pouvait pas échapper à la rumeur. Si quelqu'un découvrait la présence d'un étranger chez elle, et pire encore dans sa propre chambre à coucher, elle devrait en assumer les conséquences. Elles seraient sévères. En valaient-elles la peine ? Elle n'avait jamais souhaité être touchée ni recevoir l'attention d'un homme autre que son mari. Cela avait toujours été le cas jusqu'à présent.

Alors qu'elle observait le grand inconnu en enlevant progressivement ses vêtements, elle remercia sa servante d'être occupée à alimenter le feu, car elle ne voulait pas être observée tandis qu'elle dévorait le bel homme des yeux.

Isabella posa doucement sa main sur la poitrine virile de l'homme et ressentit la puissance brute qui s'en dégageait. Elle se demandait quelle profession cette personne exerçait, car il possédait une force physique impressionnante. Cependant, elle savait que ce n'était pas un ouvrier ordinaire qui travaillait dans les entrepôts ou sur les quais. Ses vêtements étaient trop bien coupés et trop chers pour cela. Il devait s'agir d'un gentleman, d'un gentleman particulièrement musclé.

Dès qu'elle souleva le rabat de son pantalon, bouton après bouton, son propre corps se réchauffa, malgré le froid qu'elle avait ressenti dans l'eau glacée. Aucun homme n'avait jamais su susciter chez elle une telle réaction, pas même son défunt mari. Ils avaient vécu un mariage plein d'amour, très confortable, mais il ne l'avait jamais autant attirée que cet inconnu.

Le tissu collait à sa peau. Elle pensa qu'elle devait l'enlever pour éviter qu'il ait froid, mais elle savait que c'était une mauvaise idée. Elle tira fort sur ses vêtements trempés pour pouvoir voir ce qu'il y avait dessous. Elle le dévêtit et laissa tomber les vêtements mouillés sur le tapis.

— Donnez-moi un bol avec de l'eau chaude et une éponge.

Elisabetta se dirigea vers elle. Un léger souffle lui révéla que sa servante regardait l'homme nu. Isabella se déplaça pour masquer la vue de sa servante. Elle ne voulait pas le partager. Quelle étrange pensée, se dit-elle ! Il n'était pas à elle, et pourtant, elle voulait être la seule à le voir ainsi : vulnérable dans sa nudité.

— Madame ! Ce n'est pas décent !

Isabella tourna la tête et arracha le bol d'eau des mains d'Elisabetta.

— Laissez-nous. Et n'en parlez à personne si vous tenez à votre travail ici. Vous m'entendez ?

Elle acquiesça nerveusement et quitta la pièce. Elle regarda le bel homme nu devant elle et prit une profonde inspiration. Elle aurait dû confier cette tâche à l'un de ses serviteurs, mais elle ne pouvait se résoudre à le faire.

Elle humidifia son corps avec une éponge, commençant par son visage. Ses cheveux noirs, comme ceux d'un corbeau, lisses et brillants, collaient à sa peau. Tandis qu'elle lavait doucement son visage, elle se demanda quels yeux se cachaient derrière ces cils sombres. Ses yeux étaient-ils aussi foncés que ses cheveux ? Et ces lèvres lui souriraient-elles s'il savait ce qu'elle faisait ? Elle soupira. Cela faisait si longtemps qu'elle n'avait pas touché quelqu'un d'autre. Et le contact lui sembla plus excitant qu'elle n'aurait jamais osé l'imaginer.

Isabella nettoya chaque centimètre de son corps avec de l'eau chaude, avant de le sécher avec un grand drap de bain. Pendant tout ce temps, elle s'extasia devant la beauté de son corps nu. Ses cuisses étaient robustes et puissantes, son torse musclé était recouvert d'une légère couche de poils sombres, et ses bras semblaient solides. Mais ce qui captiva le plus son regard était ce qui se trouvait à la jonction de ses cuisses.

Nichée au creux de boucles épaisses et maladroites, une grosse verge reposait sur son scrotum, semblant abriter deux petits œufs. Elle avait une maîtrise intime du corps masculin grâce à son mari, un homme viril qui lui avait révélé les mystères de l'excitation et du plaisir.

Lorsqu'elle posa les yeux sur cet inconnu, elle ressentit une irrésistible envie de l'exciter, de lui procurer du plaisir. Ses doigts caressèrent délicatement son membre, glissant sur sa peau satinée. Elle avait tant envie de sentir un homme. Comme elle désirait l'invasion qui dilaterait son canal jusqu'à sa capacité maximale. Cet homme allait la remplir. Même à l'état détendu, sa taille était imposante. Une fois excité, elle savait qu'il serait magnifique.

Soudain, il se mit à frémir sous ses doigts, ce qui la fit sursauter.

Isabella attrapa immédiatement l'épaisse couverture et la rabattit sur lui, recouvrant son corps magnifique.

Quelqu'un avait commis une erreur. Il devrait être en enfer, mais, d'après ce que Raphael pouvait voir, il se trouvait au paradis. Il ne s'attendait pas à ce qu'un tel endroit existe pour les vampires. Mais il n'allait pas se plaindre, non, il n'allait pas exprimer ses inquiétudes, même s'il savait qu'il ne méritait pas cela.

La femme était manifestement un ange. Ses longs cheveux noirs étaient libres, plutôt que d'être attachés sur sa tête par des centaines d'épingles, comme c'était la mode. Ses vêtements étaient pour le moins indécents. Elle portait une longue robe de chambre rouge en brocart richement brodé de roses dorées. Elle était cintrée à la taille, mais le haut s'écartait lorsqu'elle se penchait sur lui. Il remarqua que la soie blanche du dessous s'accrochait à ses seins généreux.

Non, cette femme ne pouvait certainement pas être humaine. Aucune femme de Venise ne s'habillerait de manière aussi provocante en présence d'un homme qui n'est pas son mari. C'était la preuve qu'il était au paradis. Pourquoi était-il allongé sur un divan dans un boudoir manifestement féminin, il ne pouvait pas encore l'expliquer, mais il allait creuser plus profondément. Il ne pouvait non plus expliquer pourquoi il avait froid. En vérité, il tremblait de froid.

— Je vais demander à Elisabetta d'ajouter du charbon au feu dans un instant, dit l'ange.

Des braises dans le ciel ? Raphael pensait qu'ils auraient inventé quelque chose de plus raffiné. Quand elle lui tendit la main pour effleurer son visage, il réalisa que sa peau était presque aussi froide que la sienne. Il pouvait facilement y remédier.

— Vous avez enfin ouvert les yeux. Nous étions inquiets.

Sa voix était aussi douce que la plus belle mélodie qu'il ait jamais entendue.

Inquiets qu'il n'atteigne pas le paradis ?

— Mon ange, vous n'avez plus à vous inquiéter. Je suis là maintenant.

Il prit sa main et la posa sur ses lèvres, y déposant un baiser. Le parfum floral de sa peau ne cachait que partiellement le parfum lourd et riche du sang qui coulait dans ses veines. Même s'il venait de se nourrir, il sentit ses crocs le démanger et son estomac se contracter de soif pour le sang de l'ange.

La belle retira sa main de son étreinte.

— Monsieur, pas de familiarité s'il vous plaît.

Raphael posa un regard sur sa poitrine.

— Familiarité ? Peut-être voulez-vous dire formalité ?

Il lui adressa un sourire séduisant, le même genre de sourire qu'il utilisait pour séduire ses victimes féminines. Alors qu'il fixait ses yeux verts, sa main se porta à son visage. C'est alors qu'il remarqua qu'il n'avait plus de vêtements. Pourquoi était-il dévêtu ?

S'il se trouvait sans vêtements sous la couverture et avec le plus beau des anges penchés sur lui, il ne pouvait y avoir qu'une seule raison à cela : il était là pour lui faire l'amour. Après tout, c'était le paradis.

— Vous avez raison, mon ange, pourquoi embrasser votre main quand vos lèvres sont si rouges et si pleines ?

Raphael l'attira vers lui et posa doucement ses lèvres sur les siennes. Elle répondit d'un souffle.

— Chut, mon ange, laisse-moi t'aimer.

Il embrassa l'adorable créature, puis passa son autre main libre autour d'elle, la serra contre lui. Elle sembla vouloir protester, mais il l'en empêcha. À la place, il glissa avidement sa langue entre ses lèvres partiellement ouvertes et explora sa bouche.

Son goût acidulé était irrésistible. Ses lèvres étaient douces et souples. Elle était aussi séduisante que son parfum le laissait présager. Oui, il allait lui faire l'amour et boire son sang enivrant en même temps, se gaver d'elle pour célébrer son arrivée au paradis.

Sa langue l'incitait à lui répondre, à danser avec lui dans l'intimité de deux amants. Quand il la caressa pour la première fois, sa queue se gonfla, prête à la combler. Il rapprocha son corps pour lui faire prendre conscience de son ardent désir.

Lorsque ses mains poussèrent contre sa poitrine, il pensa que c'était pour qu'elle se déshabille, mais elle se sépara entièrement de lui et sauta du divan.

Elle recula de quelques pas, le corps tremblant, mais il doutait que ce soit de la peur. Ses yeux exprimaient de l'indignation et elle le dévisagea.

— Monsieur ! Est-ce là le remerciement que je reçois pour m'être occupée de vous après que vous avez failli vous noyer ? Me faire attaquer par vous dans ma propre maison ?

3

Isabella posa sa main sur sa poitrine. Son cœur battait la chamade. L'inconnu l'avait embrassée ! Il lui avait fait ressentir des sensations inconnues. Elle ne pouvait cependant pas le permettre, elle ne pouvait pas recevoir le plaisir qu'il lui offrait, car elle ne connaissait rien de lui. C'était un parfait inconnu, une crapule, selon tout ce qu'elle savait de lui — à en juger par son comportement. Si elle cédait à ses avances, elle deviendrait une vulgaire prostituée. Elle était déjà allée trop loin en le touchant. Elle n'aurait jamais dû l'amener ici. Il représentait un danger pour son corps et son cœur.

— Quelqu'un a sauvé ma vie ?

Sa voix exprimait de l'incrédulité. Il se redressa, faisant glisser la couverture sur son ventre, révélant ainsi son torse musclé.

Isabella détourna les yeux.

— Oui, vous êtes parmi les plus chanceux.

— Ce n'est donc pas le Paradis ?

— Le Paradis ?

C'était ce qu'il pensait ?

— Non, c'est Venise. Vous vous souvenez de ce qui s'est passé ?

Son rythme cardiaque ralentit légèrement. S'agissait-il d'un malentendu ? Plusieurs fois, il l'avait appelée « Ange ». Croyait-il vraiment être au Paradis et pensait-il qu'elle était un ange ? Est-ce que ça expliquerait pourquoi il l'avait embrassée ?

— Madame, je vous présente mes plus sincères excuses, dit-il en essayant de se redresser. Puis, il réalisa qu'il n'était pas habillé. Je me lèverais bien pour m'incliner afin de vous demander pardon, mais il semble que je n'aie pas la tenue adéquate pour le faire.

Malgré la sincérité de ses paroles, un sourire en coin se dessina sur son visage, faisant ressortir les fossettes de ses joues. Il semblait jeune, plus jeune qu'elle ne l'aurait imaginé. Elle suivit son regard jusqu'au tas de vêtements mouillés qui jonchaient le sol.

— Il semble que mes vêtements soient inutilisables pour le moment.

Il la dévisagea, un coin de sa lèvre se relevant en un sourire.

— Vous m'avez aidé à m'en débarrasser ?

Isabella se sentit rougir jusqu'à la racine de ses cheveux. Il savait ! Était-il éveillé lorsqu'elle l'avait déshabillé ? L'avait-il senti quand elle avait caressé son corps nu, l'avait lavé, l'avait séché ? Elle prit une profonde inspiration, dont elle avait grand besoin, craignant de s'évanouir sous l'effet de la gêne aiguë qui l'assaillait. Elle avait été idiote. Sa réputation serait irrémédiablement ternie, et elle serait obligée de quitter Venise, car la bonne société la repousserait.

Il émit un petit rire.

— Ah ! Je vois. Eh bien, Madame, il semble que je n'ai rien à cacher.

Elle entendit la couverture tomber sur le sol, et elle se retourna instantanément.

Il se leva et, presque aussitôt, elle sentit sa présence juste derrière elle.

— Monsieur, je vais demander à mes serviteurs de vous apporter des vêtements de mon époux, s'empressa-t-elle de dire.

— Époux ? demanda-t-il en prenant une grande inspiration.

— Mon défunt mari, oui.

Elle se dirigea vers la porte, tentant de laisser derrière elle la tentation, mais il la suivit. Lorsqu'il la saisit par les épaules, elle eut le souffle coupé.

Le soulagement teinta sa voix lorsqu'il reprit la parole.

— Merci beaucoup pour tout ce que vous avez fait pour moi. En vérité, je suis extrêmement reconnaissant, répéta-t-il.

Puis il la fit pivoter vers lui.

— Raphael di Santori, à votre service.

Elle détourna la tête sur le côté, s'assurant que son regard ne s'égarerait pas plus bas, car elle savait ce qu'elle verrait : son corps dévêtu, très séduisant. Et si elle se laissait aller à le regarder une fois de plus, elle succomberait à la tentation de le toucher.

— Monsieur, ce n'est pas le moment pour les présentations.

Elle tenta de se dégager de son emprise, mais ses mains enserrèrent fermement ses épaules.

— Mais quand, sinon maintenant ? Ou préférez-vous que je vous fasse subir les derniers outrages avant de connaître votre nom ?

Son ton arrogant attira son attention sur lui.

— Monsieur di Santori, il n'y aura pas d'outrages. Je suis une veuve respectable. Une fois que vous aurez enfilé vos vêtements, vous pourrez descendre dans le salon et nous pourrons nous asseoir pour discuter.

Isabella se dégagea de son emprise et se tourna vers la porte. Il ne la suivit pas.

— Votre nom, Madame.

Devant son hésitation, il ajouta :

— S'il vous plaît.

Sa voix douce la fit céder.

— Isabella Tenderini.

Elle sortit de la pièce la tête haute, essayant de garder sa dignité. Une fois la porte refermée, son rire résonnait encore dans ses oreilles.

Débauché insolent et arrogant !

Raphael ne pouvait retenir son rire. Oh, cette femme avait le feu au corps. Elle le faisait se sentir vivant. Il était vivant, bon sang ! Il avait des centaines de questions : un de ses serviteurs l'avait-il tiré de l'eau ? Qui était cette femme séduisante qui l'avait manifestement déshabillé ?

Et ce n'était pas tout : maintenant que le parfum enivrant ne flottait plus dans ses narines, il remarqua que sa peau ne sentait pas les eaux troubles du canal, comme il s'y attendait. Quelqu'un avait pris soin de le laver. Ses yeux balayèrent la chambre somptueusement décorée, et son regard se fixa instantanément sur le lit à baldaquin et les perspectives illimitées qu'il offrait. « Du calme, mon garçon », se dit-il, et il continua à parcourir la pièce. C'était clairement la chambre de la femme.

Lorsque ses yeux tombèrent sur une cuvette remplie d'eau et une éponge, il sourit. C'était Isabella qui l'avait lavé, qui avait pris l'éponge dans ses mains élégantes et qui avait effleuré son corps. Avait-elle caressé ses bourses ? Avait-elle pris sa queue dans sa main pendant qu'elle accomplissait cette tâche intime ?

Il n'était pas surprenant qu'elle ait rougi comme une débutante. Maintenant, il comprenait. Elle avait touché son corps de manière intime, plus intime que quiconque ne l'avait fait depuis longtemps, et maintenant elle en était gênée. Appréciait-elle ce qu'elle avait vu ? L'avait-elle peut-être même caressé ? Ses lèvres avaient-elles suivi l'exploration de ses mains ?

Bon sang, il bandait rien qu'en pensant à tout ce qu'elle aurait pu lui faire pendant qu'il était inconscient. Il ne s'était pas du tout senti violé en apprenant qu'elle avait profité de sa vulnérabilité. Au contraire, cela l'excitait. Il ne pensait qu'à savoir si elle allait recommencer.

Il était clair qu'en tant que veuve, elle connaissait les plaisirs de la chair. Ce n'était pas une vierge timide, mais une femme adulte qui devait reconnaître ses propres besoins charnels. Il les avait sentis bouillir sous sa peau, ces passions qu'elle gardait enfermées. Trouver la clé pour déverrouiller ces désirs, et s'assurer qu'elle les libérerait sur lui serait son plus grand défi. Oui, c'était son plan : la séduire dans son lit (ou le sien, selon le cas) et la faire s'abandonner à lui.

Il n'avait pas été confronté à un défi aussi grand depuis longtemps. La plupart des femmes se laissaient facilement séduire par lui, s'abandonnant dans ses bras et dans son lit après un simple sourire et un clin d'œil de sa part. Malgré le baiser qu'elle lui avait permis de voler, elle ne se laisserait pas faire facilement. Sa réprimande sévère l'avait prouvé : elle avait retrouvé son contrôle. Il ferait tout pour la faire craquer à nouveau, comme une simple brindille qu'un chasseur écraserait sous ses pieds. Tout cela parce qu'il le pouvait. Et parce qu'elle était le meilleur morceau qu'il ait goûté depuis longtemps.

4

Après s'être habillé, Raphael trouva l'élégant salon dans lequel Isabella l'attendait. Les vêtements de son défunt mari lui allaient parfaitement, et l'homme avait du goût, lui aussi. Et tout aussi parfaitement qu'il s'était glissé dans le pantalon, la chemise et le manteau du défunt, Raphael voulait se glisser dans sa veuve. Il en était convaincu : elle lui irait tout aussi bien.

Isabella se tenait près de la cheminée, lui tournant le dos lorsqu'il entra. Ses cheveux étaient maintenant attachés en un chignon serré derrière sa nuque. Elle portait une robe digne d'un membre de la noblesse vénitienne. Si elle voulait faire semblant d'être bien élevée, il la laisserait faire. Mais il découvrirait alors ce qu'il y avait sous son apparence respectable : une femme passionnée.

— Madame Tenderini, la salua-t-il.

Un tremblement perceptible parcourut son être. Ne l'avait-elle pas entendu entrer ? Peut-être était-il si habitué à se déplacer en silence qu'il ne s'en rendait plus compte. Il décida de ne plus l'effrayer.

Isabella se tourna vers lui, ses traits marqués par une profonde réflexion. Ses sourcils froncés trahissaient son embarras, tandis que ses lèvres pincées témoignaient de son hésitation quant aux mots à employer.

— Je suis heureuse de constater que votre quasi-noyade ne vous a pas laissé de séquelles.

Tandis qu'elle s'exprimait, sa colonne vertébrale demeura raide, comme si elle s'efforçait de maintenir une attitude formelle.

Raphael hocha la tête et s'inclina légèrement.

— Je voudrais exprimer ma gratitude envers vos serviteurs. J'aimerais offrir une petite somme d'argent à l'homme qui m'a sauvé de la noyade, si vous me le permettez.

Celui qui avait eu le courage de se jeter à l'eau glacée et la force de sortir son corps lourd du canal devait être récompensé.

— J'ai déjà rémunéré mon gondolier. Une autre gratification n'est pas nécessaire.

Il lui donnerait tout de même une belle somme d'argent. Sa vie en valait la peine. Toutefois, envers Isabella, il se contenta de hocher la tête, évitant ainsi de l'offenser davantage.

— Je vous remercie pour votre générosité. Et, si vous le permettez, je vous présente à nouveau mes plus plates excuses pour mon comportement inapproprié à votre égard. Laissez-moi vous assurer que...

— Aucune assurance n'est nécessaire, l'interrompit-elle. Les circonstances traumatisantes expliquent votre comportement. Je suis une veuve respectable et j'occupe une place importante dans la société vénitienne que je ne souhaite pas compromettre. Je compte sur votre discrétion.

Raphael inclina la tête et eut un sourire, qu'il effaça aussitôt qu'il se redressa. Elle demandait sa discrétion, ce qui ne pouvait signifier qu'une chose : elle voulait qu'il soit son amant.

Cette proposition ne correspondait pas à ses attentes. Peut-être l'avait-il sous-estimée. Peut-être était-elle une veuve qui avait souvent des amants. Cette pensée le troubla — pourquoi, il ne le savait pas.

— Ma discrétion me précède, Madame.

— Bien. Alors je vous dis adieu. Mon gondolier vous ramènera chez vous.

Elle le renvoyait ? Mais n'avait-il pas affirmé qu'il garderait le secret sur leur relation ? Qu'aucune rumeur ne circulerait dans la société vénitienne ?

— Madame ? Je ne comprends pas. Comme je viens de vous l'assurer, ma discrétion est sans pareille. Rien de notre liaison ne s'infiltrera...

— Liaison ? s'écria-t-elle en reculant d'un pas. Vous pensiez que je vous proposais une liaison ?

Sa poitrine se gonfla et ses joues reprirent une belle teinte rouge. Et ce n'était pas tout. Il pouvait voir la veine de son cou palpiter. Cette vue lui donnait envie de la porter en bandoulière, de la jeter sur la surface plane la plus proche et de relever ses jupes avant de la baiser et de planter ses crocs...

— Je vous conseille de quitter ma maison immédiatement. Je suis une femme respectable, pas une traînée.

L'indignation dans sa voix le fit réfléchir. Le défi s'avérait être plus difficile à relever qu'il ne l'avait pensé.

Il s'inclina une fois de plus en se retirant. Pour l'instant, il trouverait un moyen de la conquérir, le plus tôt possible.

Le gondolier attendait sur le quai.

— Monsieur, où allez-vous ?

Raphael monta dans le bateau et s'assit avant de donner à l'homme une adresse proche de sa maison. Il s'assurait de ne jamais révéler sa position réelle à qui que ce soit. Sa vie en dépendait.

— Très bien, Monsieur.

Raphael posa ses mains sur le dossier et laissa son esprit vagabonder vers Isabella. Pourquoi avait-il soudainement pensé qu'elle lui proposait d'entamer une liaison intime ? Il ne pouvait l'attribuer qu'à ce qui s'était passé dans sa chambre à coucher. Pourquoi l'emmener là, le déshabiller, probablement le caresser pendant qu'il était inconscient, alors qu'elle n'avait aucunement l'intention d'aller jusqu'au bout ?

Et pourquoi s'était-elle habillée de façon aussi provocante lorsqu'elle s'était occupée de lui ? Pourquoi ne pas avoir conservé sa tenue initiale, plus appropriée ? Finalement, sa tenue audacieuse n'avait fait que l'inciter à l'embrasser. Maudit soit ce baiser. Il ne pouvait pas l'oublier, même s'il avait été bref. Il la sentait encore sur ses lèvres.

— Nous sommes arrivés, Monsieur.

Le gondolier s'arrêta le long d'un quai.

Raphael leva les yeux vers l'homme.

— Si vous voulez bien attendre quelques minutes que je récupère de la monnaie, j'aimerais vous récompenser de m'avoir sauvé la vie.

Le gondolier lui jeta un regard effaré.

— Mais, Monsieur, ce n'est pas moi qui ai sauté dans l'eau pour vous sortir de là.

— Alors qui était-ce ?

Il fixa l'homme, mais le gondolier hésita.

— Je suis désolé, je me suis mal exprimé, affirma l'homme.

Raphael savait reconnaître un mensonge quand il le voyait. La suspicion lui vint à l'esprit. Il haussa le ton.

— Qui a plongé dans le canal pour me secourir ?

Le gondolier baissa le regard.

— Madame.

Le corps de Raphael fut submergé par la stupéfaction. Isabella avait-elle bravé les eaux glacées du canal pour le sauver ?

— Madame Tenderini ?

— Oui, Monsieur. C'est elle qui vous a sauvé la vie.

Isabella soupira profondément. Elle n'avait pas pu aller jusqu'au bout. Plus que tout, elle aurait voulu lui demander d'avoir une relation avec elle, une relation très discrète et très courte, juste pour se souvenir du plaisir de dormir dans les bras d'un homme. Cependant, la possibilité qu'ils soient un jour démasqués l'avait dissuadée d'agir.

Massimo, le cousin de son défunt mari, la surveillait de près, cherchant toujours un moyen de s'approprier le commerce que son mari lui avait légué. En tant que parent mâle, il s'attendait à hériter de la succession après son décès. Mais Giovanni, son bien-aimé, nourrissait d'autres desseins. Il l'avait toujours considérée pour ce qu'elle était : une femme forte et intelligente, tout à fait apte à gérer seule une entreprise. C'était effectivement ce qu'il avait inscrit dans son testament.

Après avoir été rejeté, Massimo avait pris sur lui de fouiller dans sa vie personnelle et de mettre au jour toutes les saletés qu'il y trouverait. Il n'y en avait aucune. Elle avait été vertueuse avant son mariage et l'était restée après la mort de Giovanni. Si jamais elle venait à faillir une seule fois, Massimo en tirerait profit en répandant des commérages dans la haute société vénitienne. Ainsi, il s'assurerait que non seulement elle, mais aussi ses affaires soient bannies. Elle était consciente que c'était sa stratégie. Une fois qu'elle serait à terre et exclue de la bonne société, il reprendrait son entreprise pour une bouchée de pain.

Non, elle ne pourrait jamais se résoudre à s'abandonner et à satisfaire les désirs qui avaient commencé à s'enflammer en elle. Un autre mariage serait nécessaire. Or, depuis la mort de Giovanni, elle n'avait rencontré aucun homme qu'elle aurait envisagé d'épouser.

Quant à l'individu qui venait de quitter ses appartements, ce n'était pas le genre d'homme à proposer le mariage à une femme respectable comme elle. Ses yeux trahissaient son désir, sa passion, sa chaleur. Tout ce qu'il désirait, c'était assouvir ses pulsions sexuelles et la posséder. Bien qu'elle n'ait pas perçu cette attente dans son regard, ses paroles étaient sans équivoque : il souhaitait une relation intime.

Son propre corps l'avait presque trahie quand il s'était tenu devant elle. Elle aurait voulu se blottir contre lui, lui demander, le supplier de l'embrasser, de la prendre dans ses bras et de la rendre folle. Sentir sa verge dure en elle, la remplir, la satisfaire. Il lui avait fallu toute sa force pour ne pas céder. Sa vie telle qu'elle la connaissait serait terminée si elle le faisait.

Déjà, en amenant Raphael — oh, quel prénom merveilleux ! — dans sa maison et en s'occupant de lui personnellement, elle avait pris trop de risques. Elle ne pouvait qu'espérer qu'Elisabetta tiendrait compte de sa menace. Quant à Adolfo, elle avait une confiance absolue en lui. Il était son allié fidèle, le seul parmi ses serviteurs à lui être entièrement dévoué. Elisabetta était une nouvelle employée, et, espérait-elle, assez intimidée par elle pour ne pas aller contre ses ordres stricts. Avant de la recruter, elle avait effectué des recherches approfondies sur ses antécédents, s'assurant qu'elle n'avait aucun lien avec Massimo. Il avait suffisamment d'espions dans sa maison.

Il ne lui restait plus qu'à croiser les doigts pour que tout ce qui s'était produit dans sa maison cette nuit-là reste confidentiel.

5

Isabella attendit qu'Elisabetta ait défait son corset et l'ait enlevé, ne laissant plus que sa chemise de nuit et ses dessous. Ses cheveux, déjà libérés des épingles qui les retenaient, tombaient maintenant librement autour de ses épaules.

— C'est tout pour ce soir, dit-elle.

Elle croisa le regard d'Elisabetta dans le miroir et ajouta :

— Et souvenez-vous bien, un seul mot sur ce qui s'est passé ici ce soir, et vous ne trouverez plus jamais d'emploi à Venise.

Elle fit une révérence.

— Oui, Madame.

Lorsque la servante quitta finalement sa chambre, Isabella poussa un soupir silencieux. Elle n'avait plus d'énergie pour autre chose que de rêver. Au moins, elle avait sauvé une vie ce soir. Elle espérait que ça en valait la peine.

— Enfin, je pensais que la gamine ne partirait jamais.

La voix grave venait de derrière les rideaux.

Elle se retourna sur sa chaise et vit Raphael di Santori sortir de sa cachette. Isabella, haletante, posa une main sur sa poitrine et chercha frénétiquement sa robe de chambre.

— Monsieur, s'exclama-t-elle, c'est un scandale ! Comment avez-vous pu entrer ici ?

Il montra du doigt la fenêtre.

— J'ai escaladé pour entrer, assura-t-il. Ne vous inquiétez pas, personne ne m'a vu. Je suis conscient de l'importance que vous accordez au secret.

Isabella serra sa robe de chambre autour d'elle pour se couvrir autant que possible. Son cœur battait fort dans sa gorge. Seul un débauché entrerait dans la chambre d'une femme sans y être invité.

— J'apprécierais encore plus que vous disparaissiez tout aussi discrètement.

Elle prit une courte pause.

— À l'instant même.

Raphael s'approcha d'un pas.

— Je ne peux pas me résoudre à cela.

— Bien sûr que vous pouvez, insista-t-elle. Si vous avez réussi à entrer, vous réussirez certainement à sortir.

Il lui adressa un sourire en coin et lui lança ses yeux bleus étincelants. Elle n'avait jamais vu d'homme aux yeux aussi captivants.

— Ce que je voulais dire, c'est que je m'en abstiendrai. Parce que vous, Madame, m'avez menti.

Elle se leva brusquement de sa chaise.

— Menti ?

De quoi l'accusait-il ? Et d'ailleurs, quelle importance ? Il s'était introduit sur sa propriété.

— Vous avez mis votre vie en danger pour me sauver. Pourquoi m'avoir fait croire que votre serviteur m'avait sauvé ?

— Oh, ça !

— Oui, ça !

Avant qu'elle ne comprenne ce qu'il faisait, il franchit la distance qui les séparait et la prit par les épaules.

— Vous ne réalisez pas le danger auquel vous vous exposez ? Vous auriez pu vous noyer avec moi, femme ! Comment vous préoccupez-vous si peu de votre propre vie ? Savez-vous à quel point je suis lourd ? Avez-vous seulement réfléchi ?

Chaque phrase qu'il prononçait semblait l'irriter davantage. Elle ne comprenait pas pourquoi. Après tout, ils étaient tous les deux en sécurité.

— Mais nous sommes tous les deux en vie.

— Quelle chance ! Vous auriez pu sacrifier votre vie pour moi, un parfait étranger. Vous ne savez même pas si je valais la peine d'être sauvé.

Ses yeux devinrent de plus en plus sombres et sa voix devint plus dure à mesure qu'il parlait.

— Je ne pouvais pas vous laisser vous noyer. Chaque vie vaut la peine d'être sauvée.

Raphael ignorait pourquoi cette femme au teint sombre et aux longs cheveux noirs le mettait dans tous ses états. Pourtant, elle le faisait. Dès qu'il avait entendu le gondolier dire que c'était elle qui avait plongé dans les eaux glaciales pour le sauver, il avait senti une main glacée se refermer sur son cœur. Pour la première fois de sa vie, une véritable frayeur s'empara de lui. La peur pour une autre personne. La crainte de ce qui aurait pu lui arriver.

Et quand le gondolier lui avait raconté combien de temps Isabella avait passé sous l'eau et à quel point il avait été difficile de la hisser à bord, une seule idée l'avait obsédé : lui administrer une correction sévère pour l'empêcher de ne jamais se mettre en danger comme elle l'avait fait.

— Bon sang, femme, si j'étais votre mari, je m'assurerais que vous ne sautiez plus jamais dans un canal glacé au péril de votre vie.

Oui, si Raphael était son mari, il ferait beaucoup de choses, à commencer par...

— Et comment comptez-vous y parvenir, espèce d'ingrat arrogant ! Isabelle repoussa ses mains en colère.

Arrogant ? Peut-être. Mais ingrat ? Non, Raphael n'était pas ingrat d'avoir une seconde chance. Sa rage montait en observant son indifférence à sa propre sécurité. Comment l'empêcher de sauter dans les canaux pour secourir des étrangers en train de se noyer ? Il avait la solution.

D'un geste rapide, il l'entraîna dans ses bras et arracha sa robe de chambre, qui s'étala sur le sol.

— Quand j'en aurai fini avec vous, vous n'aurez plus d'énergie pour nager dans des canaux sales et sauver des inconnus qui ne le méritent pas.

Sa bouche s'empara des lèvres pulpeuses de la jeune femme. Elle les écarta, manifestement pour exprimer sa protestation, ce dont il profita maintenant. Avec avidité, Raphael passa sa langue entre ses lèvres et plongea en elle. La délicieuse cavité de sa bouche l'accueillit avec la saveur enivrante d'une femme excitée.

Il avait remarqué qu'elle ne restait pas insensible à ses avances, et cela le réjouissait profondément. Il n'emmenait pas une fille timide au lit. Non, la femme au sang chaud dans ses bras savait très bien ce qui allait se passer maintenant — ou du moins son corps le savait. Et son corps ne protestait plus. Au contraire, ses bras enlacèrent son cou et une main se glissa dans ses cheveux alors qu'elle le tirait plus près d'elle.

Raphael sentit ses seins généreux se presser contre sa poitrine, seuls sa fine chemise et ses propres vêtements empêchant un contact plus étroit. Elle était douce aux bons endroits et chaude, si délicieusement chaude. Il sentit sa chaleur s'infiltrer en lui. La faim le submergea, la faim pour le corps d'Isabella et pour son sang. Pour éviter de l'effrayer, il réprima son appétit. S'il désirait plus qu'une nuit, il devrait lui cacher sa soif de sang. Et il voulait plus que cette seule nuit.

Lorsqu'elle posa sa langue sur la sienne, un éclair le frappa. Une onde de plaisir submergea alors tout son être, tandis que des grognements profonds remontaient de ses entrailles. Quand elle le caressa une seconde fois, il libéra sa bouche de la sienne et laissa échapper le gémissement qui menaça de l'étouffer.

— Ange, murmura-t-il contre ses lèvres, la voix rauque et essoufflée, le pouls battant la chamade.

— Personne ne le saura jamais, dit-elle d'une voix tremblante.

Il hocha la tête avec enthousiasme.

— Je te le promets.

Il garderait leur liaison secrète. Rien ne menacerait sa position dans la société. Il s'assurerait de cacher leur relation aux regards indiscrets des Vénitiens. Plus il la cacherait longtemps, plus il la dévorerait et la consumerait de passion.

Raphael la prit dans ses bras et la porta jusqu'au lit à baldaquin, où il l'étendit sur les draps impeccables. Elle le regarda avec des yeux grands et écarquillés, des yeux qui trahissaient sa connaissance de ce qui allait se passer.

— Tu es magnifique. Je vais te vénérer avec toutes les fibres de mon corps.

Il enleva ensuite son manteau et le laissa tomber au sol.

6

Il se déshabilla devant elle. Isabella comprit qu'il voulait qu'elle le regarde se dépouiller de ses vêtements les uns après les autres et lui exposer sa peau nue.

Avait-elle commis une grave erreur en le laissant la séduire ? Lorsqu'il est entré dans sa chambre, elle a d'abord été surprise. Mais l'étonnement avait rapidement laissé place au désir, et une idée avait commencé à émerger. S'il était vrai que personne ne l'avait vu, elle pouvait peut-être prendre ce risque une seule fois. Il partirait de la même manière qu'il était entré, et personne dans sa maison ne serait au courant au petit matin.

Pour une nuit, elle pouvait s'abandonner à la passion et au plaisir. Cela la sustenterait pendant de longues années : un souvenir agréable, quelques heures de bonheur. Connaissant ce qui se cachait sous les vêtements de Raphael, elle savait que ce serait du bonheur. Son corps était taillé pour le péché.

Elle retint son souffle lorsqu'il ouvrit le premier bouton de son pantalon. Sa décision fut prise lorsque chaque bouton fut relâché, laissant entrevoir un peu plus de sa chair. D'abord, des poils sombres et bouclés firent leur apparition, puis sa queue se libéra de ses entraves. Dure et imposante, elle était légèrement recourbée vers le haut.

Mon Dieu, il était nettement plus grand que lorsqu'il était inconscient. Bien plus grand que son défunt mari. En vérité, sa virilité impressionnante semblait avoir considérablement augmenté, ou était-ce une illusion ? Elle se lécha les lèvres d'impatience. C'était plus que ce à quoi elle s'attendait, et elle serait bien bête de refuser un tel cadeau.

Elle ne pensait qu'à sentir son puissant instrument en elle, à s'empaler dessus. Cette simple idée la rendit moite.

— Patience, mon ange, murmura-t-il avec un sourire complice. Tout ceci est pour toi, rien que pour toi.

Isabella rencontra son regard et frissonna. Il y avait tant de désir et de convoitise dans ses yeux qu'elle aurait dû être effrayée par leur intensité, mais tout ce qu'ils firent fut d'attiser la flamme dans son corps. Instinctivement, sa propre main se dirigea vers la jonction de ses cuisses, vers cet endroit caché qui palpitait d'un besoin incontrôlable. L'endroit où l'humidité s'était déjà répandue.

Lorsque Raphael inspira bruyamment, Isabella comprit qu'il avait remarqué. Ses narines s'élargirent et ses yeux s'assombrirent. Sa voix n'était plus qu'un râle.

— Tu me tues.

Ses mots n'avaient plus de sens, mais elle les avala avec délice, sachant qu'il allait bientôt assouvir son désir sur elle. Comme une bête qu'on a à peine domptée, il se tenait devant elle, entièrement nu maintenant, sa poitrine se soulevant et s'abaissant à chaque respiration. Ses yeux la détaillèrent, puis se posèrent sur l'endroit où sa main reposait sur sa colline palpitante.

— J'ai envie de toi, souffla-t-elle sans se soucier de son audace.

Il prit une autre profonde inspiration, comme s'il absorbait son parfum. L'instant d'après, il sauta sur le lit, plaça chacun de ses genoux à l'extérieur de ses hanches, et commença à flotter au-dessus d'elle.

— Mon ange, tu auras chaque centimètre de moi selon ton désir.

Ensuite il saisit sa chemise et, sans aucune difficulté, l'ouvrit de l'encolure à l'ourlet. Isabella ne put que haleter face à son audace. Haleter et frissonner de plaisir.

Au moment où Raphael déchira la fine chemise en deux et exposa ses seins à ses yeux affamés, il sentit sa queue tressaillir. Elle était vraiment la beauté personnifiée. Jamais, durant toute sa longue existence, il n'avait vu une femme avec des seins aussi parfaits, dont la peau était aussi douce que du lait, surmontés de mamelons aussi durs qu'ils pouvaient l'être. Il expira un souffle d'air chaud sur l'un de ses tétons, ce qui déclencha un gémissement sourd de la part d'Isabella.

Elle était si réceptive ! Lorsqu'il s'était dévêtu devant elle, se déplaçant lentement pour la laisser l'admirer, il avait apprécié de voir son excitation monter. Ses tétons s'étaient tendus sous sa fine chemise, et l'arôme qui lui était parvenu aux narines l'avait presque fait jouir, tant il était fort.

Si délicieux qu'il donnait des démangeaisons aux crocs, même après s'être nourri abondamment avant sa baignade nocturne inattendue. Il devait se retenir de la mordre et de boire son sang. Il ne voulait surtout pas l'effrayer. Tout ce qu'il désirait, c'était assouvir ses pulsions charnelles et faire se désagréger cet ange dans ses bras jusqu'à ce qu'elle s'effondre, incapable de bouger le moindre muscle. Peut-être comprendrait-elle alors qu'elle ne pouvait plus mettre sa vie en danger en se jetant dans les canaux.

La pensée de ce qu'elle avait fait le fit encore frémir. Si elle était sa femme, il ne l'aurait jamais permis. Il ne l'aurait jamais perdue de vue de peur qu'il ne lui arrive malheur. Il l'aurait protégée jour et nuit.

Raphael s'arrêta dans ses pensées. Pourquoi était-il si possessif à son égard ? Elle n'était pas à lui, elle ne le serait jamais. C'était juste une histoire passagère, au cours de laquelle il aurait la chance d'avoir une femme comme Isabella, une femme qui le regardait maintenant, les yeux pleins de désir. Il ne la décevrait pas. Ce soir, elle connaîtrait le plaisir ultime dans ses bras, même si cela lui coûtait son dernier souffle.

Il inclina sa tête vers ses seins et laissa sa langue lécher d'abord un mamelon, puis l'autre. Elle se cambra vers lui. Avec un grognement de satisfaction, il posa ses lèvres sur un sein et aspira le petit mamelon dur dans les profondeurs de sa bouche. Ses mains ne restèrent pas inactives non plus. Elles pressèrent doucement ses magnifiques globes et palpèrent la chair ferme. Bien qu'ils fussent de belle taille, ils s'ajustaient parfaitement dans ses paumes, comme il l'avait rêvé.

Le téton dans sa bouche avait un goût délicieux à chaque passage de sa langue. Il ne se lassait pas du corps brûlant de la femme sous lui, tandis qu'il se penchait vers le deuxième sein pour y porter la même affection. Puis, dans un éclair, il aperçut le visage d'Isabella. Son visage rougi était encadré par ses longs cheveux noirs, dont des mèches s'accrochaient à sa peau luisante. Ses yeux étaient à moitié fermés, ses longs cils épais reposant sur sa peau. Elle mordit sa lèvre inférieure, tandis que Raphael souriait.

— Mon ange, ce soir, il n'y aura pas de retenue. Quoi que tu ressentes, je veux l'entendre.

Les yeux d'Isabella s'ouvrirent, le fixant d'un regard surpris.

— Mais ce n'est pas décent.

Sa voix était haletante.

— Il n'y a rien de décent dans ce que nous allons faire ce soir. Laisse-toi aller et laisse-moi découvrir la vraie toi.

Il désirait voir la femme audacieuse et passionnée qui se cachait sous ses airs réservés, celle qui avait mis sa vie en danger pour sauver la sienne.

Une fois de plus, il aspira son mamelon dans sa bouche et le tira.

— Oh! s'exclama-t-elle.

— C'est ça, mon ange, l'encouragea-t-il, avant de glisser lentement vers son entrejambe.

Lorsqu'il atteignit le haut de sa culotte, il tira sur les ficelles et détacha le vêtement. Sans effort, il l'en libéra, mettant à nu le trésor qu'elle renfermait.

Et quel trésor ! Ses boucles sombres luisaient de son miel. Sans hésiter, elle écarta les cuisses, et il accepta l'invitation et s'installa entre ses jambes. Il déposa de doux baisers sur sa toison sombre, puis posa ses mains sur ses cuisses et la poussa à s'écarter encore plus. Elle se tordit sous son emprise. Sa bouche descendit plus bas et se rapprocha de sa fente humide.

— Tu ne devrais pas faire ça, dit Isabella.

Il leva la tête et croisa son regard.

— Tu n'aimes pas ça ?
— Je ne sais pas.
Soudain, il fut pris de court.
— Ton mari n'a-t-il jamais... ?
Il laissa la question en suspens dans la pièce.
Elle secoua la tête.
— Il m'a montré comment agir avec lui. Mais il n'a jamais... ce n'est pas propre.

Quel genre de mari avait-il été ? Prendre son propre plaisir, mais ne pas lui donner le sien en retour ? Raphael inspira brusquement, emplissant ses poumons du parfum délicieux de la jeune femme.

— C'est plus que propre. Ton parfum me rend fou, et tu nous priverais tous les deux de ce plaisir si tu ne me laissais pas te goûter.

Ses yeux s'écarquillèrent.
— Tu veux vraiment ça ?
— Plus que tout.

Sans hésiter, il plongea simplement sa langue dans sa chatte brûlante et la goûta pour la première fois. Quand le miel inonda sa bouche et glissa dans sa gorge, son ventre se crispa sous l'impact de l'électricité qui le parcourut. Il grogna de plaisir en la léchant une fois de plus.

Isabella était un véritable festin, un délice dont il n'avait jamais fait l'expérience. Il aurait même été prêt à renoncer au sang si elle lui permettait de se gorger de son miel. Il se sentait comme un pirate, s'appropriant les trésors de sa douce grotte. L'intimité de son acte ne lui échappa pas. Il était son premier, le premier homme à l'avoir goûtée aussi profondément, à l'avoir dégustée. Une vague de chaleur le traversa à cette pensée.

Il lécha sa fente humide avec une facilité déconcertante, faisant glisser sa langue le long de ses plis. À mesure qu'il montait, il perçut un changement instantané dans sa respiration. Quand il atteignit le bouton engorgé qui reposait juste au-dessus de l'entrée de son canal, elle se tordit sous son emprise. Il ressentait les battements rapides de son cœur, il entendait ses souffles haletants. Il lécha ensuite son petit bouton. Son nom s'échappa de ses lèvres alors que ses hanches se heurtèrent à lui.

— C'est ça, mon ange, murmura-t-il avant d'engloutir la chair tendre dans sa bouche et de la mordre.

Ses gémissements et ses halètements devinrent plus profonds. De coups de langue en coups de langue, il la grignota, la suça, l'embrassa et dévora sa douce chatte. Et à chaque contact, elle réagissait plus vivement à ses caresses. Sous ses mains et ses lèvres, elle se mit à s'animer comme une fleur qui éclot soudainement.

Avec ses doigts, il l'écarta, enfonçant tour à tour sa langue dans son canal, puis la balayant sur son centre de plaisir. Lorsqu'il la sentit se crisper, il redoubla d'efforts jusqu'à ce qu'il la sente frémir. Il s'accrocha à elle alors que son corps était secoué par l'orgasme et but la crème qu'elle libéra, ne voulant pas quitter le paradis que représentait son corps.

— Raphael, murmura-t-elle, la voix teintée d'incrédulité et d'émerveillement.

À contrecœur, il souleva sa tête de son intimité et glissa le long de son corps, alignant ses hanches sur les siennes. Sa queue dressée reposait sur son canal humide qui frissonnait encore sous l'influence des ondes de son orgasme. Il ne put s'empêcher de plonger en elle sans un mot ni un signe de ce qu'il allait faire.

Ses prunelles s'élargirent.

— Oh oui !

Il hocha la tête, sentant ses muscles cervicaux se contracter sous l'effort de retenir sa jouissance imminente. Elle était trop étroite. Personne n'avait exploré sa caverne chaude et moite depuis un moment. Il essaya de se retenir, mais ses hanches s'enfoncèrent involontairement en elle. Le bruit de la chair contre la chair ne fit qu'augmenter sa faim pour elle.

— Mon Ange, j'ai besoin de te baiser à fond.

Au coup suivant, elle fit claquer son bassin contre lui, intensifiant son action. Ensuite, son corps prit le dessus, sa queue s'enfonçant en elle comme si l'avenir n'existait pas. Il ne rêvait que d'elle, de l'avoir, de la marquer, de la brandir comme un trophée.

Raphael regarda son visage, se demandant s'il ne lui faisait pas mal avec son rythme effréné. Le spectacle qui s'offrit à lui remplit son cœur de fierté. Ses lèvres étaient ouvertes et ses yeux étaient remplis de convoitise et de désir.

— Oh oui, Isabella, oui !

— Baise-moi ! murmura-t-elle.

Ses mots le bouleversèrent. Il n'avait jamais entendu une dame prononcer de tels mots, mais, lorsqu'ils franchirent ses lèvres, il ne put s'empêcher de se réjouir. Ses couilles brûlèrent et se resserrèrent à l'idée qu'elle prit autant de plaisir que lui à leur accouplement.

Posant sa main sur sa chatte, il appuya son pouce sur son clitoris. L'élargissement des yeux de la jeune femme lui indiqua qu'il était en train de ranimer sa chair sensible.

— Oui, encore une fois. Laisse-moi te sentir tirer ma queue.

Ses muscles internes se contractèrent une seconde plus tard, et il perdit le contrôle de lui-même. Avec des jets de sperme ardents et gourmands, il remplit sa chatte étroite de sa semence, la pénétrant de plus belle, avant de s'affaler sur elle, appuyant ses avant-bras sur son corps.

7

Isabella déposa sa tête dans le creux de son cou et respira son parfum épicé. Son corps était complètement épuisé. Si on lui demandait de se lever, elle savait qu'elle n'aurait pas la force de remuer un seul muscle.

Raphael se pencha vers elle et posa tendrement ses lèvres sur son front. Cette action la prit au dépourvu. Elle ne s'attendait pas à ce qu'il soit tendre.

— Maintenant, j'aimerais connaître la pensée qui t'a poussée à plonger dans le canal pour me sauver, dit-il d'une voix apaisante.

Elle sursauta et tenta de s'éloigner de lui, mais ses bras puissants la retenaient.

Isabella soupira. Elle ne voulait pas qu'on lui rappelle ce qui aurait pu se passer, comment il avait failli lui échapper et se noyer. Elle n'aurait jamais connu le plaisir qu'il lui avait procuré pendant l'heure écoulée.

— S'il te plaît, ajouta-t-il doucement.

Elle se leva et le regarda.

— Je n'ai pas pu te laisser te noyer.

— Mais tu ne me connaissais pas, protesta-t-il.

— Cela n'a pas d'importance.

— Pourquoi, Isabella ? Tu dois avoir une raison.

Elle retint une larme qui menaçait de monter à la surface.

— Mon mari est mort noyé dans le canal.

La stupeur se lut sur son visage. Il l'attira contre lui et posa sa tête sur sa poitrine, l'enlaçant tendrement.

— Oh, mon ange, je suis vraiment désolé. Je ne voulais pas réveiller de mauvais souvenirs.

— Ce n'est rien, répondit-elle d'une voix douce. Ça fait presque un an maintenant. J'ai de la chance dans bien des domaines, mais...

Ses yeux se remplirent de larmes, et sa voix devint plus faible.

— Il te manque, chuchota Raphael, déposant un baiser dans ses cheveux.

Elle hocha la tête en signe d'assentiment.

— Raconte-moi ce qui s'est passé.

— Giovanni était un mari formidable envers moi, plein de générosité et de bonté. Il m'a appris à gérer son entreprise. Je crois qu'il l'a fait juste pour se divertir, sans comprendre la valeur que cela avait pour moi. Il passait beaucoup de temps avec moi, même si Massimo et lui sortaient souvent sans m'emmener ni me dire où ils allaient.

— Massimo ? demanda Raphael.

— C'est le cousin de Giovanni. Ils étaient très proches. Mais, un mois avant la mort de mon mari, quelque chose s'est produit. Il a commencé à éviter Massimo, il trouvait des excuses pour ne pas le croiser quand il passait. J'ai dû mentir pour Giovanni quand il ne voulait pas le voir. Il m'évitait aussi. Soudain, il a cessé de partager mon lit. Il est resté à l'écart toute la nuit. Je pense qu'il avait peut-être une maîtresse.

Cette pensée lui faisait encore mal, même après tout ce temps.

— Il s'est désintéressé de moi. Il a cessé de m'aimer.

Isabella sentit la main de Raphael sur son menton et il lui fit relever la tête pour qu'elle le regarde.

— Je ne vois pas comment un homme pourrait cesser de t'aimer. Je n'ai jamais rencontré de créature plus adorable que toi, mon ange.

Il posa doucement ses lèvres sur les siennes.

— Tu me flattes, mais je ne peux pas ignorer la vérité. Il était absent presque tous les soirs, jusqu'à cette froide nuit de décembre. Personne ne sait ce qui s'est réellement passé, mais lorsque deux valets de pied ont réussi à le sortir du canal, ses poumons s'étaient déjà remplis d'eau et son cœur avait cessé de battre. Ils ont dit qu'ils avaient eu de la chance de retrouver son corps. Si son manteau n'avait pas été accroché par des hameçons de pêche suspendus à un bateau amarré, il aurait dérivé.

— Tu as cru qu'en me sauvant, tu sauverais ton mari. Pour quelle raison ?

— J'étais tellement en colère contre lui. Je voulais une seconde chance. Si j'avais fait quelque chose de mal qui l'avait poussé à s'éloigner de moi, je voulais une chance de le réparer. Tu ne comprends pas ? Comme il s'est noyé, je n'ai jamais pu lui demander pourquoi il ne m'aimait plus.

Elle avait pleuré tant de nuits, essayant de comprendre tout ce qui s'était passé.

— Je suis certain qu'il y avait une autre raison à son absence nocturne. Un homme marié avec toi n'aurait pas besoin d'une maîtresse. Crois-moi quand je te dis que, si je t'avais dans mon lit toutes les nuits, il n'y aurait aucune raison de chercher des plaisirs ailleurs.

Raphael passa sa langue sur ses lèvres, puis glissa un doigt entre elles. Instantanément, elle le suça, tandis qu'elle fermait les yeux.

— Regarde, c'est exactement ce que je veux dire. Tes lèvres sur n'importe quelle partie de mon corps me rendraient incapable de quitter ton lit.

Lorsque Raphael ouvrit les yeux, son regard se heurta au sien. Ses yeux s'assombrirent sous l'emprise de la passion. Il retira son pouce de sa bouche et l'abaissa sur sa poitrine, où il frotta son doigt sur son mamelon.

Sa respiration devint haletante.

— Je veux que tu me chevauches. Tu as le contrôle sur moi et j'aimerais te donner mon corps. Prends ton plaisir. Je suis là pour te servir.

Ses mains puissantes soutinrent ses paroles tandis qu'il la tira sur lui. Ses membres s'étendirent naturellement de chaque côté de ses hanches, et son sexe se positionna contre sa verge dressée et robuste.

Isabella se redressa et contempla l'endroit où leurs corps s'unissaient. Son membre était tuméfié, presque violet, témoignant de l'afflux sanguin qui l'animait. Elle l'effleura du bout des doigts, et il frissonna, poussant un gémissement.

Il tressaillit à son contact et gémit.

— Dis-moi, Isabella, m'as-tu touché quand j'étais inconscient ?

Elle sentit ses joues se colorer d'embarras.

— S'il te plaît, je veux savoir. Il n'y a pas de quoi avoir honte.

Elle détourna le regard de son visage lorsqu'elle lui répondit.

— Je t'ai lavé et séché.

— As-tu passé ta main sur mon corps, comme tu viens de le faire ?

Sa voix était rauque. Elle tourna son regard vers lui et put voir l'excitation briller dans ses yeux.

Isabella hocha la tête.

— Juste une fois.

Ce souvenir la rendit humide.

— As-tu touché mes couilles ? Les as-tu bercées dans tes mains ?

Elle passa de nouveau sa main le long de sa verge, de haut en bas.

— Je n'ai laissé que le bout de mes doigts glisser dessus.

— Tu as aimé ?

— Oui.

— Et maintenant, ça te plaît que je sois réveillé ?

Isabella enroula sa main autour de sa queue et serra, suscitant un gémissement de sa part.

— J'aime encore mieux ça maintenant, parce que tu es dur et gros.

Elle pressa sa queue contre son centre, glissant contre lui pour qu'il touche l'endroit où se concentrait son plaisir, l'endroit qui palpitait de façon incontrôlable maintenant.

— J'aime aussi plus maintenant, proposa-t-il. Parce que, maintenant, je peux sentir ce que tu fais. Toutefois, la pensée de ce que tu as fait quand j'étais inconscient m'excite. Cela m'a donné envie de faire la même chose avec toi : te toucher quand tu dors. M'introduire dans ton étroite enveloppe sans que tu sois consciente.

L'idée ne devrait pas l'exciter, mais c'était le cas. Se faire prendre par lui, alors qu'elle était sans défense, sans aucun moyen de lutter. Lui permettre de prendre des libertés avec son corps que même son défunt mari n'avait pas osé prendre.

— Qu'est-ce que tu ferais ? s'entendit-elle demander.

Ses yeux brillaient de désir.

— Je me glisserais dans ton corps par-derrière, me faufilant en toi jusqu'à la pointe. Tu serais encore toute lisse au début de la nuit. Je m'accrocherais ensuite à tes hanches et te ferais l'amour lentement et régulièrement, sans précipitation, jusqu'à ce que tu te réveilles.

Isabella pressa sa queue contre son corps et la fit glisser lentement vers le bas, la chaleur liquide de ses paroles la faisant dégouliner sur ses testicules.

— Mon ange, je sens que tu mouilles pour moi.

Il agrippa sa queue et la guida vers son entrée humide.

— Monte-moi.

Ses mains se posèrent sur ses hanches et elle se souleva, alignant sa queue avec son entrée humide. Lentement, elle se pencha en avant, faisant disparaître la longueur rigide de sa queue dans son corps. Elle se réjouit de cette sensation de plénitude.

— Oui, soupira-t-il en enfouissant sa tête dans l'oreiller. C'est le paradis.

Isabella sourit à sa comparaison et se souleva avant de l'enfouir à nouveau en elle. Elle adopta un rythme facile, et, à entendre les gémissements de satisfaction qu'il poussait et le regard affamé qu'il lui lançait, il était manifeste qu'il appréciait grandement ce qu'elle faisait.

Lorsque sa main glissa vers sa zone érogène, il se mit à la frotter. Chaque fois qu'il descendait, son pouce effleurait délicatement son petit paquet de chair, provoquant une sensation de chaleur intense dans tout son corps. Elle sentit l'humidité perler sur son visage et son cou, puis couler comme des petits ruisseaux entre ses seins. Ils brûlaient d'être touchés.

— Touche-moi.

Elle fut choquée de s'entendre parler de manière aussi lascive. Pourtant, au lieu de s'offusquer de son comportement impudique, Raphael lui sourit.

— Je ne peux caresser qu'un de tes seins, comme tu peux le constater.

Il regarda avec insistance l'endroit où son pouce caressait sa perle. Puis, son autre main saisit son mamelon et le pinça.

— Touche ton autre téton.

Ses yeux s'élargirent de stupeur. Elle n'aurait jamais cru pouvoir faire une chose aussi audacieuse.

— Fais-le, ordonna-t-il, et continue de me monter.

Il leva sa queue vers le ciel, et la pénétra profondément.

— Je veux te voir te toucher, poursuivit-il, la voix plus rauque.

Il lui pinça de nouveau le téton, qui se mit à durcir.

— Imite ce que je fais. Comme ça.

Il le fit rouler entre son pouce et son index, envoyant une décharge de chaleur à travers son corps, jusqu'à sa perle.

Elle pencha la tête en arrière et obéit à ses instructions. Les yeux fermés, elle toucha son autre sein et frotta timidement son mamelon. Il perla.

— Plus encore, l'exhorta-t-il.

Sans réfléchir, la luxure guidant ses gestes, elle se pinça le téton et poussa un cri sous l'effet de la sensation intense.

— Oh, mon Dieu !

De son propre chef, son rythme s'accéléra. Elle le chevaucha, comme si sa vie en dépendait. Le glissement de la chair sur la chair était comme une symphonie dans ses oreilles, et ses mains, qui la pinçaient et la frottaient, chassaient toute pensée saine de son esprit. Elle était comme une bête en chaleur, ne se reconnaissant plus. Soudain, elle n'était plus qu'une créature lubrique, ne pensant qu'à son propre plaisir, à la délicieuse libération qu'il lui avait procurée un peu plus tôt.

De plus en plus fort, Isabella s'empala sur lui. Chaque fois qu'il poussait, il s'enfonçait plus profondément en elle, la remplissant toujours plus. Elle s'accrocha à lui, ne voulant pas que cela se termine, ne voulant pas qu'il s'échappe. Finalement, dans un soupir rauque, elle accepta l'assaut de son orgasme. Les vagues qui l'envahirent la firent presque tomber dans l'inconscience.

Elle sentit la chaleur à l'intérieur de son canal et réalisa que Raphael l'avait rejoint dans sa libération, sa semence brûlante l'envahissant, avant qu'elle ne s'effondre sur sa poitrine.

Ses bras l'enserrèrent instantanément. Sa poitrine se souleva sous l'effet de l'effort qu'il sembla devoir fournir pour respirer. Un courant d'air tiède effleura son oreille lorsqu'il prononça ces mots.

— Tu m'as tué.

8

Raphael n'avait jamais fait un rêve aussi élaboré. C'était une histoire d'anges et de paradis, de femmes mûres et de plaisirs charnels. Son odorat était encore imprégné du parfum de la belle Isabella, celle qui l'avait sauvé. Il ne se souvenait plus comment il était retourné chez lui après leur rencontre enivrante. L'avait-il reprise après qu'elle l'eut chevauché jusqu'à l'oubli ? C'était grâce à ses lèvres et à ses mains qu'il avait fait jaillir cette passion en elle.

Il glissa dans le lit et rencontra des courbes délicieuses et une chaleur si familière qu'il l'attira irrésistiblement dans le creux de son corps, heureux de constater que son rêve n'était pas encore terminé. Oui, il pouvait se laisser aller une fois de plus, serrer dans ses bras la femme endormie et faire l'amour avec elle pendant qu'elle dormait. Il pourrait s'enfoncer en elle, l'empaler, jusqu'à ce que l'orgasme l'emporte. Ensuite, il ferait ce qu'il ne pouvait pas lui faire dans la réalité : boire la veine charnue de son cou gracieux, se gaver de son sang riche.

Oui, même dans ses rêves, il ressentait l'attraction de son corps. Et, même maintenant, avec le spectre de sa forme pressée contre lui, il devenait dur. Dur pour son corps, et assoiffé de son sang.

Raphael prit une profonde inspiration. L'odeur l'enveloppa de nouveau, si réelle qu'elle faillit le déstabiliser. Pour ne pas se réveiller, il garda les yeux fermés et ses mains se dirigèrent vers les douces rondeurs de la femme de ses rêves qu'il tenait dans ses bras. Sa main serra ses seins, et son mamelon se contracta contre la paume de sa main.

Sa queue pressa contre ses fesses chaudes et il se recula pour se réajuster. Oui, il pouvait se glisser en elle, la femme de ses rêves. Son rêve était rempli de désirs charnels, elle était prête et humide pour lui, prête à assouvir tous ses désirs les plus fous. Il pouvait la prendre sans son consentement, car elle n'était que l'objet de son imagination. Une imagination très belle.

Alors que son corps robuste se tenait à l'entrée de sa grotte, il sentit la chaleur et l'humidité de son miel. Il avança et fut rapidement enveloppé par les ténèbres profondes. C'était comme glisser dans un gant doux et chaud.

— Oh, oui, gronda-t-il intérieurement. Laisse-moi te baiser.

La femme dans ses bras se tortilla. Son cul se recula pour le prendre plus profondément.

— Oui, prends ma grosse queue dans ta chatte.

Avec la femme de ses rêves, il pouvait proférer des obscénités, et cela l'excitait. Il n'avait pas besoin de faire semblant d'être raffiné.

— Et après ça, c'est au tour de ton cul.

Elle poussa un cri de surprise en se retirant. Il saisit ses hanches avec plus de force et la repoussa sur sa queue.

— Raphael !

La voix d'Isabella était si réelle qu'il s'arrêta net.

Puis il sentit sa main sur la sienne, trop tangible pour être un songe. Ses yeux s'ouvrirent. Bien que l'éclairage soit faible, il put clairement discerner l'endroit où il se trouvait : dans la chambre d'Isabella. Il n'était jamais parti.

Raphael jura et se retira d'elle sans écouter, pour une fois, sa queue qui palpitait. Un rapide coup d'œil aux fenêtres confirma le pire : il faisait jour. Même si les volets et les tentures empêchaient les rayons du soleil de pénétrer, il pouvait voir la lumière s'infiltrer par les côtés.

Il avait dormi dans ses bras et avait dormi mieux qu'il ne l'avait jamais fait, manquant ainsi le lever du soleil. Il était dans un bourbier.

— Tu avais promis de partir avant le lever du soleil, dit Isabella.

Il ne pouvait même pas lui reprocher le ton accusateur de sa voix.

Lorsqu'il posa son regard sur elle, il vit de la crainte dans ses yeux. Il savait ce qu'elle pensait : si quelqu'un le voyait quitter sa maison maintenant, sa réputation serait ruinée. Tôt ou tard, ses serviteurs le découvriraient s'il restait.

Ce qu'elle ignorait, c'est qu'il n'avait pas d'autre choix que de rester. Les rayons du soleil le brûleraient, et, en quelques minutes, il deviendrait un tas de cendres. Il le savait, car il avait déjà couru d'un refuge à l'autre en quelques secondes, mais sa peau avait été douloureusement brûlée. Il n'avait pas envie de recommencer.

Il ne pouvait pas partir, quoi qu'il arrive. Il devait lui faire comprendre la situation sans révéler sa nature.

— Je suis désolé, mon ange. J'ai dû m'endormir dans tes bras sans m'en rendre compte.

— Tu ne peux pas rester ici. Mes serviteurs. Ils le découvriront. Tu dois partir. Je t'en prie. Mais personne ne doit te voir.

Sa voix trembla et ses yeux parcoururent la pièce comme pour essayer de lui trouver une issue. Puis elle sursauta.

Il suivit le chemin de ses yeux. L'horloge au-dessus de la cheminée indiquait qu'il était plus de dix heures.

— Oh, non !

— S'il te plaît, Isabella, calme-toi. Nous allons trouver une solution. Mais je ne peux pas quitter la maison. Pas maintenant. Les rues vont grouiller de monde. Je ne peux pas partir sans être vu.

Et rester en vie. Même s'il détestait sa prochaine suggestion, c'était la seule solution possible.

— Il faudra me cacher ici. Peut-être dans une salle de stockage sombre que personne n'utilise ?

L'ESPRIT d'Isabella s'agitait frénétiquement. Comment cela avait-il pu arriver ? N'avaient-ils pas convenu que ce ne serait qu'une nuit et que personne ne le découvrirait ? Et maintenant, elle se retrouvait face à un désastre. Comment allait-elle cacher cela à ses serviteurs ? Le seul en qui elle avait confiance était Adolfo ; tous les autres étaient susceptibles de faire des commérages.

— Peut-être qu'Adolfo peut te cacher dans le petit atelier qu'il garde pour la gondole. Mais comment vais-je faire pour t'y conduire sans qu'on te voie ?

Elle repoussa ses larmes de désespoir.

Un instant plus tard, elle sentit sa main se poser sur sa joue.

— Nous trouverons une solution. Maintenant, laisse-moi t'aider à t'habiller.

Raphael sauta hors du lit. Les yeux d'Isabella suivirent sa silhouette nue, comme si elle était attirée par un aimant. Ses fesses fermes s'arrondirent tandis qu'il se dirigeait vers sa coiffeuse. Il sortit de l'un des compartiments une chemise de nuit propre et des dessous soyeux.

Lorsqu'il se retourna, il arbora un sourire sans gêne. Elle ne comprenait pas comment il pouvait rire d'une telle situation.

— Comment peux-tu... ?

— Parce que cela me permet de passer quelques heures de plus, avec toi, que je n'aurais pas eues autrement.

Il s'approcha du lit et retourna les couvertures, l'exposant à ses yeux affamés. En effet, elle perçut distinctement la faim dans ses prunelles, et ce souvenir lui revint immédiatement : celui de son réveil, lorsque sa longueur rigide la transperça profondément, accompagnée des murmures les plus crus à son oreille. Des mots qui l'avaient pourtant excitée, plus qu'elle ne voulait l'admettre. Admettre cela équivaudrait à se rabaisser au rang de prostituée.

Les doigts habiles de Raphael l'aidèrent à enfiler sa lingerie. Puis vint le tour de son corset. Pendant qu'il attachait les lacets dans son dos, elle sentit sa queue se presser contre ses fesses. Il était aussi dur qu'avant.

Il chuchota :

— Tu es magnifique, avant de mordiller son oreille.

Soudain, elle perdit tous ses sens.

Un vacarme dans les escaliers la ramena à la réalité. Elle inspira profondément, comme Raphael. Il avait aussi entendu les voix dans le couloir.

— Vite.

Il saisit sa robe de chambre et l'aida à la mettre.

— Non, Monsieur, vous ne pouvez pas la voir maintenant !

La voix remplie d'indignation d'Elisabetta retentit.

Mais un instant plus tard, la porte s'ouvrit sans qu'on ait frappé, et Massimo fit irruption dans la pièce, suivi de son valet.

Elisabetta tenta à son tour de pénétrer dans la pièce, mais les deux hommes l'en empêchèrent.

— Je suis désolée, Madame, j'ai essayé de les arrêter.

Mais Isabella n'écouta pas sa femme de chambre, car la voix tonitruante de Massimo accaparait toute son attention.

— Regarde-toi, tu es une pute. Comment oses-tu traîner le nom de mon cousin dans la boue ?

— Massimo, s'écria-t-elle, choquée.

Raphael la saisit et la repoussa contre son corps dénudé, comme pour la préserver de Massimo. Cependant, il ne pouvait rien contre les mots acerbes qui se mirent à jaillir de sa bouche.

— Prise en flagrant délit avec son amant, encore excité et prêt.

Massimo ricana et la pointa du doigt, tandis que Raphael la tenait derrière son large dos, apparemment insouciant de sa nudité.

— Ce soir, tout Venise saura que tu es une pute ! J'ai hâte d'assister au bal.

Puis il tourna les talons et partit en claquant la porte derrière lui. Elle était dévastée. C'était sa parole contre la sienne, et il avait même amené un témoin. Tout le monde le croirait. Toute sa vie était réduite à néant à cause d'une seule nuit. Personne ne pouvait plus l'aider, pas même Raphael.

— Pars, gémit-elle et se détourna de lui.

9

Raphael demeura immobile, les yeux rivés sur la porte. Massimo, c'est comme ça qu'elle l'avait appelé. Le cousin de son défunt mari. Mais tout cela n'avait pas d'importance après que Raphael eut aperçu l'anneau porté par l'homme. Il avait reconnu le symbole. L'onyx noir était orné d'une croix entrecoupée de trois vagues, le signe des Gardiens des Eaux Sacrées. Les Eaux Sacrées parce qu'ils s'étaient donné pour mission d'anéantir les vampires et de les noyer tous.

Ses frères et lui n'avaient pas encore découvert qui étaient les membres de leur société secrète, du moins jusqu'à présent. Ils étaient trop prudents. C'était la première fois que l'un d'entre eux voyait quelqu'un porter le signe mystérieux. Il ne pouvait qu'imaginer que c'était un oubli de la part de Massimo de porter l'anneau en public et de se trahir. À moins, bien sûr, qu'il n'ait pas considéré la maison d'Isabella comme un lieu public, mais plutôt comme un endroit où son secret était en sécurité. Ou peut-être avait-il simplement été distrait ?

Le destin venait-il de lui donner l'opportunité de faire face à la menace que représentaient les Gardiens ? Était-ce pour cela qu'on lui avait donné une seconde chance et qu'on l'avait poussé dans cette maison et dans les bras de cette femme ? Pour qu'il découvre qui ils étaient ?

Un soupir s'échappa derrière lui, le faisant se tourner. Isabella était assise à sa coiffeuse, essayant de se recoiffer, un air angoissé sur le visage. La femme qui lui avait procuré tant de plaisir il y a quelques heures à peine était au bord des larmes.

Quand il croisa son regard dans le miroir, elle détourna aussitôt les yeux.

— Tu dois partir. Il n'y a plus rien à faire pour toi. Ce soir, tout Venise saura que je suis une prostituée.

Ses lèvres tremblaient légèrement lorsqu'elle parlait, ce qui ne manqua pas d'attirer l'attention de Raphael. Il s'approcha d'elle et l'enlaça.

— Non, protesta-t-elle, ce n'est pas la peine. Tu feras mieux de partir.

Il releva son menton de sa main et l'obligea à le regarder. Ses yeux étaient humides, mais elle ne voulait pas pleurer.

— Il y a quelque chose que je peux faire.

Une lueur d'espoir apparut dans ses yeux.

— Est-ce qu'il y a un serviteur sur qui tu peux compter ?

Elle le regarda avec curiosité, puis hocha la tête.

— Oui, c'est Adolfo, mon gondolier. Je peux me fier à lui.

— Parfait. Demande-lui d'aller chercher un prêtre.

— Un prêtre ?

Elle tenta de s'éloigner de lui, mais il ne le lui permit pas. Ses yeux s'écarquillèrent, et il sut alors qu'elle avait compris. Un souffle court s'échappa de ses poumons.

— Non, tu ne peux pas faire ça. Je ne le permettrai pas.

Il ne l'avait pas imaginée aussi têtue, mais, peu importe, elle ne gagnerait pas ce combat.

— Tu n'as pas d'autre option. Nous devons prouver notre mariage pour éviter un scandale. Tu le sais aussi bien que moi.

Elle secoua la tête.

— Mais, tu ne peux pas t'offrir à moi et te sacrifier. Tu ne voulais qu'une aventure sans lendemain. Ça ne serait pas équitable envers toi.

— Juste ? C'est moi qui suis responsable de notre situation actuelle. J'ai ruiné ta réputation. Je serais un goujat si je ne te prenais pas comme épouse, maintenant que notre liaison a été révélée. Est-ce que tu veux un scandale ?

Elle était acculée, et il pouvait faire d'une pierre deux coups. En l'épousant, il pourrait se faufiler dans sa famille. Il pourrait se rapprocher de son abject cousin et, avec un peu de chance, découvrir l'identité des autres membres des Gardiens. Personne ne le soupçonnerait. Cependant, il devait être prudent.

— Bien sûr, je ne veux pas de scandale, mais je ne veux pas non plus ruiner ta vie en plus de la mienne.

— Ruiner ma vie ?

Il l'attira contre lui, appuyant sa poitrine contre la sienne et glissant sa main sur ses fesses.

— Mon doux ange, si je dois passer chaque nuit avec toi, comme nous l'avons fait la dernière, je peux voir comment ma vie serait effectivement gâchée.

Oui, c'était bien sa seconde raison de t'épouser : il refusait toujours de lâcher prise sur cette femme ardente qui se trouvait dans ses bras.

Raphael esquissa un sourire et pressa son membre viril contre elle. Il était encore à moitié dur, et la sensation de ses fesses à peine couvertes sous sa paume lui assurait que tout le sang disponible y affluait maintenant pour l'amener à une nouvelle érection rageuse.

— Alors, tu as le choix : m'épouser pour que nous puissions passer chaque nuit de notre avenir à nous donner du plaisir l'un à l'autre, ou....

Il fit une pause et la caressa intimement, sachant qu'il n'avait pas d'autre suggestion.

— Tu es sérieux ?

— Oui. Maintenant, habille-toi avant que je ne te ramène au lit. Quand je te reprendrai, ce sera comme un époux.

Sa poitrine se gonfla lorsqu'il prononça ces mots, des mots qui auraient dû l'effrayer et le faire fuir. La perspective d'être bientôt marié le remplissait d'une fierté inédite.

Isabella passa la plus grande partie de la journée dans un état second. Raphael avait fait ce qu'il fallait pour l'épouser. Elle n'avait pas anticipé cela. Il n'y avait aucune raison pour qu'il agisse de la sorte. Il n'avait rien à perdre, c'était elle qui avait tout à perdre. Mais elle n'avait pas assez de courage pour refuser son offre, même si elle craignait que sa gentillesse disparaisse rapidement lorsqu'il serait confronté à la réalité du mariage. Pendant un bref instant, elle se demanda s'il l'aurait épousée si elle n'était pas une femme riche. Mais elle repoussa cette pensée. Tout dans son apparence et ses manières lui disait qu'il n'avait pas besoin de son argent.

Elle laissa Elisabetta s'occuper de ses cheveux, qu'elle empila sur sa tête. Pour le bal, elle avait choisi une robe en soie rouge. Elle avait été confectionnée pour elle quelques semaines seulement avant la mort de Giovanni, et elle ne l'avait jamais portée auparavant. Mais lorsque Raphael l'avait découverte dans son armoire, il lui avait assuré qu'elle serait la robe idéale pour l'occasion. Elle devait absolument mettre les choses au clair : elle ne laisserait pas les commérages malveillants l'affecter.

— Prête, Madame ? lui demanda sa femme de chambre en la regardant dans le miroir.

Elle hocha la tête en signe d'approbation, puis se leva.

Raphael l'attendait au pied de l'escalier. Elle le regarda pendant qu'elle descendait lentement, pas à pas, en tenant sa robe légèrement au-dessus du sol pour ne pas trébucher.

Isabella regarda son nouvel époux, qui semblait figé sur place, les lèvres légèrement entrouvertes, les yeux rivés sur elle. Sa tenue était à la dernière mode et ne correspondait pas à celle qu'elle lui avait prêtée la veille. Il semblait qu'il ait envoyé un serviteur chercher ses propres vêtements.

Elle laissa un regard appréciateur voyager de sa tête à ses pieds, et sentit son sexe se contracter. Jamais elle n'avait rencontré un homme aussi viril, exsudant la sexualité comme un pavot l'opium, et qui était tout aussi dangereux et interdit. Ses yeux étaient plus profonds désormais, et il la regardait d'un regard si intense qu'elle se demanda si elle avait commis une erreur. Lui en voulait-il ?

Lorsqu'elle atteignit le pied de l'escalier, il posa sa main sur la sienne et l'attira vers lui pour l'embrasser. Puis il s'approcha d'elle d'un pas. Sa voix était douce lorsqu'il s'adressa à elle.

— Mon Ange, tu es à couper le souffle. J'aimerais que nous ne soyons pas contraints d'assister à ce bal pour préserver ta réputation. Je préférerais continuer à t'épuiser.

Raphael pencha la tête et l'embrassa sur la joue, puis lui susurra quelque chose à l'oreille.

— Tu me fais tellement bander que je ne peux pas te garantir que la prochaine fois que je te prendrai, ce sera dans un lit.

Son souffle se coupa à ses mots. Elle s'en moquait de savoir où il l'emmènerait ensuite, du moment qu'il l'emmenait. Ses joues rougirent à ses pensées scandaleuses. Où étaient passées toutes ses manières ? Les avait-elle jetées aux orties ?

Alors qu'il se redressa et la fixa, un sourire complice étira ses lèvres. Il lui tendit le bras, et elle le prit, non seulement parce qu'on l'attendait, mais aussi parce que son estomac était un nid de papillons et ses genoux de la gelée.

— Essaie de ne pas penser à ce que j'ai l'intention de te faire plus tard, sinon ton visage rougira et attirera tous les vauriens du bal comme un pot de miel.

Il murmura à voix basse et grave.

— Ce miel est à moi.

Isabella lui lança un regard choqué. Il rit en réponse, un rire franc, décomplexé et joyeux.

10

Le Palais des Doges était illuminé, comme si un feu brûlait à l'intérieur. Tout Venise était réuni : nobles, riches marchands et dignitaires étrangers. C'était l'évènement de l'année. Raphael n'y avait jamais assisté auparavant. Sa vie ne lui permettait pas de s'exposer. Vivre en marge de la société, même dans le plus pur des luxes, lui permettait de dissimuler plus facilement sa véritable nature. Ce soir, il allait braver les regards de la société pour une seule et unique raison : sauver la réputation de sa charmante épouse.

Épouse. Quel étrange concept ! Il n'avait jamais envisagé de se marier, encore moins de manière aussi impromptue, sans la présence de son frère Dante. Lorsqu'il avait envoyé un serviteur chercher des vêtements dans leur maison, avec une note rapide indiquant qu'il allait bien, il faisait encore jour et il était donc impossible pour Dante de le rejoindre. Il avait donc décidé de taire son projet de mariage, car son frère bien-aimé n'aurait pas manqué de tenter de l'en dissuader.

Isabella s'agitait à ses côtés alors qu'ils approchaient de l'entrée de la salle et qu'ils attendaient que leur arrivée soit annoncée à toute l'assemblée. Il pencha la tête vers la sienne et remarqua pour la première fois qu'il la dépassait d'une bonne tête. Cela lui plaisait, car cela lui donnait l'impression d'être encore plus son protecteur.

— Ne sois pas nerveuse. Je te promets que tout va s'arranger.

Il passa sa main sur les doigts qu'elle avait accrochés sous son bras. Ils étaient glacés.

— Quand ce sera terminé, je te réchaufferai tellement que tes doigts ne seront plus jamais froids.

Il aimait la faire vibrer, et la secousse dans son corps lui dit qu'il avait encore réussi. À la fin de la soirée, elle halèterait pour se libérer, et il ne serait que trop heureux de satisfaire sa femme chérie.

— Vos noms, lui demanda le grand héraut alors qu'ils atteignirent le bout de la file d'attente.

Raphael se pencha vers lui et lui dit qui ils étaient. Quelques instants plus tard, la voix tonitruante de l'homme les annonça à la salle :

— Monsieur Raphael di Santori et son épouse, Madame Isabella di Santori, anciennement Madame Tenderini, veuve de Giovanni Tenderini.

Des dizaines de têtes se tournèrent vers eux, et des hoquets de surprise collectifs parcoururent la foule, comme une onde sur une eau agitée. Comme il l'avait prévu, Massimo avait déjà répandu la rumeur de la ruine d'Isabella. C'était parfait pour Raphael, qui put ainsi le discréditer.

Gardant Isabella près de lui, il descendit les escaliers, puis se faufila au milieu de la foule. Les gens le regardaient avec curiosité et incrédulité. Son objectif était clairement établi : ils devaient rencontrer le Doge. Seule son autorité ferait taire les langues qui s'agitaient. Annoncer son mariage n'était pas suffisant. Il fallait le prouver.

Alors qu'ils s'approchaient de l'endroit où le Doge s'asseyait sur son trône pour tenir audience, ils furent arrêtés par l'un de ses serviteurs. Raphael le dépassa et croisa le regard du Doge. L'homme lui fit signe de s'approcher, la curiosité brillant dans ses yeux.

— Laissez-les passer.

Raphael inclina la tête devant le vieillard. Isabella fit une profonde révérence. Le Doge, de sa place, pouvait sans doute admirer le décolleté d'Isabella et ses formes généreuses. Raphael prit la main d'Isabella et la tira vers le haut.

— Votre Excellence, déclara-t-il en saluant l'homme influent qui allait aider Isabella à redorer son blason. Puis-je vous présenter ma femme et... ?

— Une présentation n'est pas nécessaire. J'ai bien retenu votre nom quand vous êtes entré.

Puis, ses yeux se posèrent sur Isabella.

— Des propos désagréables ont circulé à votre sujet, madame.

— Tout est faux, déclara Raphael.

Le Doge le regarda avec impatience.

— Je me suis adressé à votre femme, si c'est bien votre femme.

Raphael resta silencieux et serra le bras d'Isabella pour la réconforter.

— Votre Excellence, toutes les allégations sont infondées et je suis convaincue qu'il n'y avait aucune intention de me nuire. Cependant, il semble que la personne qui a colporté ces rumeurs était mal informée sur mon statut, ajouta Isabella.

— Voudriez-vous corriger ce malentendu maintenant ?

— Oui, mon mariage avec M. di Santori a eu lieu hier. Les informations que je comptais transmettre à la société vénitienne ont dû être retardées. Je m'assurerai que mon assistant s'occupe rapidement de cela.

La voix de la jeune femme était maintenant posée, et seul Raphael perçut le léger tremblement de son corps. Il tenta de la calmer en lui effleurant doucement le bras.

— Avez-vous des preuves d'un tel mariage ? J'espère que vous ne m'en voudrez pas d'être un peu cynique, mais, comme vous pouvez l'imaginer, une fois qu'une affirmation a été faite, c'est à moi de la vérifier.

Isabella hocha la tête.

— Je m'attendais à cela.

Raphael fouilla dans sa poche et tendit un papier plié à Isabella. Elle lui sourit en le prenant, puis se retourna vers le Doge, qui lui fit signe d'approcher.

Quand l'homme prit le papier des mains d'Isabella, Raphael entendit son cœur battre la chamade. Elle n'avait pas à se soucier de quoi que ce soit. La cérémonie et le prêtre étaient réels. La seule chose qu'il avait influencée avec son pouvoir de persuasion était la date du mariage.

Après avoir signé et daté le document, Raphael avait insufflé ses recommandations dans l'esprit de l'homme et l'avait incité à modifier la date : une journée plus tôt. De cette façon, Massimo ne pouvait plus soutenir qu'ils s'étaient mariés après avoir été découverts dans la chambre d'Isabella. Ils pourraient affirmer que Massimo s'était introduit le lendemain matin de leur nuit de noces, ce qui serait scandaleux pour lui.

Après de longues secondes, le Doge leva les yeux et se leva de sa chaise. Il hocha la tête en direction de l'un de ses assistants, qui frappa le sol avec un long bâton pour imposer le silence dans l'assemblée. Les conversations s'arrêtèrent net.

— Mes chers amis, j'aimerais que vous vous joigniez à moi pour féliciter Monsieur et Madame di Santori pour leurs récentes noces.

L'indignation gagna la foule, mais avant qu'une quelconque acclamation ne retentisse, un homme se fraya un chemin. Raphael le reconnut immédiatement : c'était Massimo.

— Ce n'est pas possible ! s'exclama-t-il en se précipitant vers eux.

— Vous me traitez de menteur ? demanda le Doge, la voix serrée et menaçante.

Massimo s'inclina immédiatement.

— Bien sûr que non, votre Excellence.

Puis il se redressa.

— Je dis simplement que cela semble plutôt soudain. Et en tant que proche parent, je n'ai pas été informé.

Il jeta un regard noir à Isabella, et Raphael serra davantage son bras pour attirer la jeune femme plus près de lui.

— Vous êtes maintenant au courant, répondit le Doge en se retournant. Allez-vous-en.

L'homme semblait avoir perdu tout intérêt.

Lorsque Massimo se retourna vers Isabella et lui, ses yeux étaient remplis de haine.

— Espèce de magouilleur, de bon à rien...

Raphael lui saisit la gorge si rapidement qu'il n'eut pas le temps de réagir. Il ignora les regards des gens qui l'entouraient.

— Dites encore un mot, et je vous défie en duel. Je vous préviens que je suis un expert dans toutes les armes que vous pouvez choisir. Je vous conseille donc d'être prudent lorsque vous parlez de ma femme.

Son visage se tendit légèrement, révélant la colère qui grondait en lui. Cependant, il se ressaisit rapidement, lâchant prise et s'éloignant de Massimo. Il ne voulait pas prendre le risque d'exposer publiquement son côté sombre.

— Isabella, veux-tu danser ?

Sans attendre sa réponse, Raphael l'attira dans ses bras et les fit virevolter sur la piste de danse. Son corps pressé contre lui apaisa sa colère. Il avait été à deux doigts de tuer son cousin, là, devant tout le monde. Ce n'était pas acceptable. Cet homme allait mourir bientôt, et sans aucun témoin.

11

Isabella attendit que Raphael ait récupéré leurs manteaux, puis accepta les vœux d'un autre couple. Après quelques danses avec son nouveau mari, au cours desquelles il lui avait susurré des mots scandaleux qu'il ne convenait pas de répéter ailleurs, il avait finalement déclaré qu'ils avaient passé suffisamment de temps au bal et qu'ils pouvaient rentrer chez eux.

Elle était soulagée. Bien que le Doge ait déclaré leur mariage légitime, elle n'aimait pas les regards qu'on lui jetait. Les gens regardaient-ils sa robe ou son mari ? Peut-être qu'elle se sentait rougir non pas à cause de la chaleur dans la grande salle, mais à cause des mots que Raphael lui susurrait constamment. Et par son érection qu'elle avait sentie en dansant avec lui.

Elle frissonna lorsque les mains de Raphael se posèrent sur ses épaules, écartant sa cape pour la déposer sur ses épaules, puis la nouant à son cou.

— Tu étais la plus belle femme du bal.

Son souffle caressa son cou, qu'elle inclina légèrement pour lui offrir. Il déposa un baiser doux sur sa peau, et elle sentit son sang se réchauffer. Un instant plus tard, il la fit pivoter pour qu'elle le regarde.

— Tiens, mets ça.

Elle regarda ses mains et lui prit un masque.

— Pourquoi dois-je porter un masque ?

— Je t'expliquerai plus tard.

Il mit son propre demi-masque et l'aida à attacher le sien. Il dissimulait la majeure partie de son visage, mais sa bouche restait dégagée et accessible. Lorsqu'elle se retourna pour se regarder dans le miroir du corridor, elle ne vit qu'une inconnue vêtue d'une longue robe rouge sous une cape noire. Le masque noir dissimulait son visage, le rendant méconnaissable.

— Viens, lui dit Raphael en l'entraînant dans la nuit.

Les rues grouillaient de fêtards, dont plusieurs portaient des masques, certains très élaborés, d'autres aussi simples que le sien. Tout le monde était pareil. Les classes sociales étaient oubliées. C'était là l'esprit de cette soirée. Pendant le Carnaval, un pauvre pouvait être un prince, et un noble, un pirate. Une prostituée pouvait être une dame.

Isabella observa avec émerveillement les divers personnages et masques, pendant que Raphael la guidait dans les ruelles animées entourant la place Saint-Marc. Plus ils avançaient, plus les rues devenaient calmes. Elle ne remarqua presque pas la distance qu'ils parcouraient, car elle était captivée par l'activité des rues.

Elle fut surprise quand Raphael s'arrêta soudain sous une passerelle voûtée et l'appuya contre le mur derrière elle, son corps touchant presque le sien.

— Et maintenant, ma douce épouse, il est temps de consommer notre mariage. Je crois avoir attendu assez longtemps.

Le regard prédateur dans ses yeux était évident.

Isabella était choquée.

— Ici ?

Ses lèvres effleurèrent sa peau, son souffle la caressa tandis qu'il répondait.

— Oui, mon bel ange, juste ici. C'est pourquoi nous portons des masques. Je vais te prendre dans un endroit où des passants pourraient nous observer, mais ils ne sauront pas qui nous sommes. Tout ce qu'ils verront, c'est un homme qui baise une prostituée, et ils s'en moqueront. Peut-être qu'ils ne feront que regarder.

Elle essaya de le repousser, et avec lui son propre désir scandaleux de faire exactement ce qu'il suggérait. Ses paroles suggestives avaient déjà déclenché une réaction physique chez elle, son sexe se contractant en prévision de l'appel de son corps. Et l'idée que quelqu'un puisse les voir la mit en ébullition. Non, ce n'était pas possible.

Raphael lui encercla les poignets et les maintint contre le mur, puis il plongea la tête dans le creux de sa poitrine. Il passa sa langue sur les houles jumelles d'un coup sec et sensuel et inspira.

— Je sens l'odeur de ton excitation, mon amour.

La panique s'empara d'elle. Si elle le laissait faire, il se rendrait compte qu'elle n'était pas une dame, qu'elle ne valait pas mieux qu'une prostituée, car seule une pute se laisserait prendre dans un tel lieu public. Et après ? La jetterait-il quand il verrait ce qu'elle était vraiment ? Une femme profondément perturbée, aux sentiments lubriques, qui serait plus débauchée que n'importe quelle prostituée de la ville ?

— S'il te plaît, Raphael, laisse-nous rentrer à la maison, supplia-t-elle en sachant que sa voix était éraillée par le désir qu'elle avait du mal à maîtriser.

Elle ne comprenait pas pourquoi il suscitait ces émotions en elle. Son premier époux ne l'avait jamais fait. Elle avait été une épouse dévouée. Même si Giovanni couchait avec elle, elle n'avait jamais perdu le contrôle ou ressenti le désir de faire des choses scandaleuses, comme celles que Raphael proposait.

Toutefois, lorsque Raphael commença à déboutonner son corset, Isabella sentit son corsage se desserrer. Elle réalisa que Raphael défaisait les crochets qui retenaient sa robe. Elle essaya de protester, mais n'y parvint pas, car les lèvres de Raphael sur sa peau rendirent son cerveau incapable de formuler le moindre mot. Quand ses mains abaissèrent son corsage de quelques centimètres seulement, cela suffit pour que ses seins sortent de leur cage. De l'air froid les frappa, ce qui eut pour effet de resserrer instantanément ses mamelons.

Raphael, insatiable, captura l'un des tétons dans sa bouche, pendant que sa main caressait l'autre sein. Isabella ne put empêcher le gémissement de quitter ses lèvres, tout comme elle ne put arrêter le liquide qui s'accumulait entre ses jambes.

— Oh, mon Dieu, murmura-t-elle à bout de souffle.

Son mamelon émergea de sa bouche et il l'agrippa avec ses doigts. Puis il la fixa, les yeux remplis de la même ardeur qu'elle avait remarquée en lui la veille.

— Ouvre mon pantalon et sors ma queue.

Sans réfléchir, elle suivit son ordre tandis qu'il posait ses lèvres sur son autre mamelon. Les doigts tremblants, elle attrapa son rabat et commença à le déboutonner. Sa main effleura la longueur de sa verge. Son gémissement était si profond et si fort qu'elle l'entendit se répercuter dans la voûte. Pourtant, elle n'en avait plus rien à faire, maintenant, de savoir qui les verrait ou les entendrait. Elle le voulait, elle voulait sentir sa verge dure entrer en elle, la posséder.

Lorsque finalement son pantalon fut ouvert, elle l'enveloppa de sa paume et pressa la peau soyeuse couvrant sa virilité, dure comme du marbre. Elle aimait cette sensation, la douceur contrastant avec la dureté. Deux opposés, mais l'un incomplet sans l'autre. Si parfaits et si beaux.

Elle sentit les mains de Raphael sur ses épaules, la poussant vers le bas.

— Suce-moi, lui ordonna-t-il.

Isabella se mit à genoux devant lui et découvrit que son érection était dirigée vers sa bouche.

— Oui, suce-moi comme une pute. Parce que ce soir, ma chère femme, tu es ma pute, et tu feras tout ce que je veux.

Ces mots auraient dû la choquer, mais elle ne pensa qu'à poser ses lèvres sur sa chair et à le faire supplier pour qu'il se libère. Elle ne se sentit pas dégradée parce qu'il la traitait de pute. Au contraire, elle se sentit puissante, parce qu'en étant à genoux, elle le mettrait à genoux. Elle humecta ses lèvres et goûta enfin sa chair.

LE CONTRÔLE de Raphael se mit à vaciller lorsque les lèvres d'Isabella enserrèrent sa queue et glissèrent sur lui. Une chaleur blanche l'envahit, le paralysant presque. Il s'appuya contre le mur derrière elle, tentant de stabiliser ses jambes tremblantes. Elle allait être sa perte.

Jamais la bouche d'une femme ne lui avait procuré un plaisir aussi soudain et irrésistible.

— Putain ! s'exclama-t-il, son cerveau incapable de formuler un autre mot depuis qu'il avait pris la consistance de la mélasse.

Il tenta de résister à l'assaut des sensations qu'elle lui offrait, mais en vain.

Comme un barrage de boulets de canon, elles s'abattirent sur lui : le brûlant, le marquant au fer rouge. Oui, elle le marqua avec sa bouche, avec les coups de langue contre sa chair dure, avec son souffle qui murmurait contre sa longueur, avec ses mains qui le caressaient de concert avec sa bouche. Elle le rendait inaccessible à toute autre femme, assurant qu'il ne désirerait jamais être touché par une autre, qu'il ne sentirait jamais le baiser d'une autre femme que le sien.

Comme une sorcière, elle lui jetait des sorts. Ses joues se creusaient à mesure qu'elle le suçait plus fort, ses ongles grattaient son scrotum serré où ses couilles brûlaient comme un feu d'enfer. La pression montait comme dans un volcan. Mon Dieu, elle le sucerait jusqu'à la moelle si elle le pouvait. Et à ce stade, il n'était pas sûr que ce soit au-delà de ses capacités.

Un autre coup de langue sur son gland en forme de champignon, et il se retira de sa bouche, sifflant vivement. Raphael était sur le point de craquer.

— Je n'ai pas terminé, se plaignit Isabella.

Sans un mot, Raphael la saisit et la fit asseoir sur le banc de pierre qu'il avait repéré dans un coin, assez haut pour qu'il puisse se tenir debout pendant qu'il la baiserait. Puis il releva ses jupes et attrapa ses dessous. D'un seul coup, il les déchira, ignorant son regard surpris. Il n'avait pas plus de patience qu'un marin ayant passé les derniers mois en mer.

Son excitation le submergea.

— Maintenant, je vais te baiser, ma belle pute ! Je vais te baiser jusqu'à ce que tu cries.

Et d'un seul geste, il s'installa dans sa chatte trempée. Elle se convulsa autour de lui, l'immobilisant instantanément.

— Oh, oui, tu aimes être prise ici, n'est-ce pas ?

Comme elle ne disait rien, il ordonna :

— Réponds-moi !

Le « oui » d'Isabella était à peine audible, un gémissement plutôt qu'un mot. Cela lui convenait parfaitement. Et étrangement, cela l'aida à reprendre le contrôle. Non, cette femme délicieuse et passionnée ne prendrait pas le dessus sur lui.

Lentement, Raphael retira sa queue de sa chaleur soyeuse pour la laisser glisser sur sa petite perle. Elle se tortilla sous lui, mais il serra ses hanches entre ses cuisses pour qu'elle ne puisse pas échapper à sa torture. Il l'obligerait à affronter ses désirs. Maintenant. Ici. Il allait briser ses barrières et dévoiler la femme passionnée qui sommeillait en elle.

Sans la prévenir de ce qu'il allait faire, il replongea sa queue dans sa chatte, ce qui lui arracha un cri de surprise.

— Oh, oui, ne crois jamais être hors d'atteinte de ma queue. Parce que je vais prendre ta chatte humide quand et où je veux.

Il utilisait des mots crus pour la choquer, tout en glissant d'avant en arrière dans son fourreau serré, son miel si lisse qu'il avait l'impression de se noyer à nouveau. Cette fois, cependant, ce fut une expérience plaisante.

Lorsqu'il entendit un bruit derrière lui, il se tourna pour voir qui arrivait.

— Il semblerait que nous ayons de la visite.

Il jeta un bref coup d'œil au gentleman bien habillé qui était entré sous l'arcade couverte et les regardait.

Aussitôt, Isabella réagit instinctivement et voulut s'éloigner. Mais Raphael ne la laissa pas faire. Il continua de la pénétrer profondément, ses doigts caressant ses seins généreux qui se balançaient à chaque poussée.

— Quand vous aurez fini avec elle, je la prendrai, proposa l'homme derrière lui.

Raphael grogna.

— Je n'en aurai pas fini avec elle avant longtemps. Très longtemps.

— Elle est à moi pour la nuit. J'ai acheté cette pute, et je vais m'assurer d'en avoir pour mon argent.

Il sourit à Isabella lorsqu'il remarqua son expression choquée.

— Donc, non, vous ne pouvez pas la baiser, à moins, bien sûr, qu'elle soit d'accord.

La protestation d'Isabella fut immédiate.

— Non !

Raphael éclata de rire.

— Comme vous pouvez le voir, elle ne veut que ma queue. Mais, si vous voulez regarder, approchez-vous pour avoir une meilleure vue.

Peu lui importait que l'homme regarde ou non ; il ne l'autoriserait jamais à poser un seul doigt sur elle. Isabella ne serait partagée avec personne. Mais, si son masque lui assurait l'anonymat, il ferait monter sa convoitise en sachant qu'ils étaient observés.

Les pas de l'homme confirmèrent qu'il avait accepté son offre. Raphael voyait qu'il se tenait derrière eux, à une courte distance, de sorte qu'il pouvait voir à la fois les seins nus d'Isabella, sa chatte et la façon dont la queue de Raphael pénétrait en elle puis ressortait.

— Cette pute a une belle chatte, n'est-ce pas ? demanda-t-il à l'inconnu, en enfonçant à nouveau sa tête dans ses seins.

Mais l'homme ne répondit pas. Du coin de l'œil, Raphael comprit pourquoi : la main de l'homme avait libéré sa propre queue. Dure et épaisse, elle se baladait dans son pantalon, pendant qu'il la masturbait dans sa main droite.

— Je vois que vous êtes d'accord, fit-il en tournant son regard vers Isabella, qui avait suivi son mouvement.

Ses lèvres s'entrouvrirent légèrement.

— Oui, il se caresse en espérant que c'est ta chatte brûlante qu'il pénètre. Est-ce excitant pour toi ?

Il donna une poussée énergique, et elle releva les yeux vers lui, baissant ses paupières comme si elle avait honte. Une nouvelle impulsion, plus ferme encore, fit frémir tout son corps.

— Oh, non, tu ne regardes pas ailleurs. Je veux que tu me regardes pendant que je te baise.

Ses yeux s'écarquillèrent derrière son masque. Elle savait qu'elle voulait regarder, mais elle avait trop honte pour l'admettre.

Il pinça ses tétons jusqu'à ce qu'elle crie, les lèvres tremblantes, le souffle court.

— Maintenant, regarde-le, mais n'oublie pas que c'est ma queue qui est en toi. Ma queue qui te remplit.

Il voulait la posséder, chaque cellule de son corps. Et il voulait que le monde entier sache qu'elle était à lui, à lui pour la conduire à l'extase, à lui pour la faire jouir. Maintenant, c'était son corps qui donnait le rythme ; il s'enfonçait en elle avec force et profondeur par de longs mouvements.

Il remarqua ses lèvres serrées entre ses dents tandis qu'elle regardait l'autre homme se caresser. Raphael entendit les grognements de l'homme, mais il ne vit que son bel ange, dont l'extase était inscrite sur tout le corps. Il lâcha un sein et posa sa main sur sa perle. Elle se retourna vers lui lorsqu'il fit glisser son pouce sur la perle. Quelques instants plus tard, elle poussa un cri et ses muscles se resserrèrent autour de sa queue, déclenchant son propre orgasme.

Sa semence jaillit de ses couilles, traversa toute la longueur de sa queue et explosa à son extrémité, s'engouffrant dans son canal, l'inondant de sa semence. Il n'en prit pas vraiment conscience, car son corps tout entier était submergé par l'orgasme, qui le secouait de la tête aux pieds. Rien n'avait jamais été aussi brutal et bouleversant que la consommation de son mariage.

12

Raphael claqua la porte de sa demeure en emportant Isabella dans ses bras. Il avait ôté leurs masques et les avait jetés juste avant leur arrivée. Il la déposa dans le salon et l'allongea sur le vaste canapé.

— Tu as apporté le dîner. Je suppose que c'est le moins que tu puisses faire après m'avoir fait m'inquiéter pour toi, lui dit son frère depuis le coin où il était assis dans son fauteuil favori.

— Dante, j'espérais que tu serais à la maison. Il faut qu'on parle.

Son frère se leva de sa chaise, ses longues jambes rattrapant sans effort la distance qui les séparait.

— Oui, c'est ce que nous faisons. Mais après le dîner.

Il jeta un coup d'œil à Isabella.

— L'as-tu déjà goûtée ? Elle a l'air positivement délicieuse.

Dante lécha ses lèvres.

Raphael intervint pour empêcher son frère de s'approcher. Il aurait préféré lui annoncer la nouvelle de façon plus douce, mais le goujat ne lui laissait pas le choix.

— Elle est ma femme. Et tu feras bien de garder tes mains et tes crocs pour toi. Ainsi que ta queue.

— Ta femme ?

La voix de Dante remplit toute la pièce. Son air dubitatif aurait été amusant si Raphael n'avait pas d'autres chats à fouetter, comme les liens familiaux de la jeune femme.

— Tu t'es marié ?

La voix de Dante trahissait son mécontentement.

— C'est mon affaire.

— Pas quand ça nous concerne tous les deux. Elle est humaine.

Son frère redressa les épaules, mais Raphael ne se laissa pas intimider. Lorsque Raphael passa ses mains dans ses longs cheveux noirs, il réalisa que Dante n'envisageait pas de se battre.

— Pourquoi diable faire une telle chose ?

— Elle m'a sauvé.

— Quoi ?

— Elle m'a sauvé de la noyade. Elle m'a sorti du canal alors que j'avais déjà glissé sous l'eau. Elle a risqué sa vie.

Il y avait une certaine fierté dans sa voix en disant cela. Sa femme était une femme courageuse.

Dante recula d'un pas, étonné.

— Tu as failli te noyer ? Qu'est-ce qui s'est passé ?

Il haussa les épaules.

— Je n'en suis pas sûr. J'ai senti une main dans mon dos, puis je suis tombé dans le canal. Mais il y avait beaucoup de fêtards ivres autour, une foule turbulente. Ça aurait pu être un accident.

Son frère haussa les sourcils.

— Et si c'était autre chose ?

— Alors, nos amis et toi m'aiderez à découvrir qui est derrière tout ça.

— Je pourrais me risquer à une supposition.

Dante le regarda d'un air sévère, et Raphael comprit aussitôt qu'il pensait aux Gardiens des Eaux Sacrées. Quelque temps plus tard, Dante jeta un coup d'œil à Isabella, toujours allongée sur le canapé, immobile.

— Au fait, qu'est-ce qu'elle a ? Qu'est-ce que tu as fait, tu l'as droguée ?

Raphael sourit.

— Des orgasmes multiples.

Le rire qui suivit résonna dans tout le manoir.

— Coquin !

— Ce que j'ai fait était tout à fait approprié. Après tout, c'est ma très respectable épouse.

Respectable, mais avec un côté lubrique qui ne lui déplaisait pas.

— Maintenant, laissons-la dormir. Elle est épuisée.

Il entraîna son frère vers le coin salon, devant la cheminée.

— Oui, et elle a mal partout, j'imagine. Elle a l'air menue.

— Elle est plus forte que tu ne le penses. Et ne t'inquiète pas pour ma femme. Je sais comment prendre soin d'elle.

Oui, elle souffrirait un peu à cause de la brutalité avec laquelle il l'avait prise, mais il se rattraperait vite en mangeant sa douce chatte et en calmant sa chair avec sa langue.

Raphael s'affala dans son fauteuil, pendant que Dante prenait place dans le sien. Il fallait qu'il oublie un instant sa nouvelle femme.

— J'ai découvert l'un des Gardiens.

Son frère s'assit en sursaut.

— Des Eaux Sacrées ?

— Oui, le même.

Il désigna du menton l'endroit où Isabella dormait.

— Le cousin de son défunt mari est l'un d'entre eux. J'ai vu la bague. Elle portait leur symbole.

Le visage de Dante s'illumina de surprise.

— En public ?

— Pas tout à fait. Il a fait irruption dans la chambre d'Isabella au moment où nous étions...

Raphael s'éclaircit la gorge.

— Il s'appelle Massimo Tenderini. Je veux que tu le suives et que tu découvres tout ce que tu peux sur lui : qui il rencontre, où il va, ce qu'il fait. Tout. Il nous mènera aux Gardiens. Nous devons simplement être patients. Peux-tu le faire ?

Dante acquiesça.

— Oui, rien de plus simple. Je vais lui mettre un homme sur le dos. Cependant...

Il marqua une pause et le fixa intensément.

— As-tu envisagé que ta rencontre avec Isabella et son cousin n'était pas le fruit du hasard ?

— De quelle manière ?

— Et si elle avait été mise sur ton chemin pour que tu conduises à ton tour les Gardiens à notre espèce ? Ne trouves-tu pas que c'est un peu trop commode que tu sois poussé dans le Canal et qu'elle vienne te sauver par hasard ? Et si c'était un coup monté ? Il est impossible d'ignorer le lien d'Isabella avec les Gardiens. Et si elle était leur espionne ? Leur espionne, très délectable, si je puis me permettre.

Soudain, un coup de poignard, semblable à une énorme piqûre d'épingle, transperça son cœur.

— Tu ne peux pas croire cela. C'est une innocente.

— Les dernières paroles d'un amoureux transi, réprimanda Dante. Tu ne peux pas lui faire confiance.

Isabella sentit une chaleur l'envahir à son réveil. La voix qui l'avait tirée de son sommeil lui était inconnue.

Elle entendit Raphael s'exclamer :

— C'est ma femme.

— Tu devras quand même m'expliquer, dit un autre homme. Quel sera ton plan quand elle découvrira la vérité ?

— Elle ne le découvrira pas.

Le cœur d'Isabella s'arrêta net. Quel secret Raphael cherchait-il à cacher ?

— Tu ne peux pas garder le silence pour toujours.

— Je ferai attention, lui assura Raphael. Elle n'aura jamais besoin de savoir. Et puis, elle m'aidera à me rapprocher de Massimo.

Massimo ? Pourquoi Raphael voulait-il se rapprocher de son cousin ? Qu'attendait-il de sa part ? Elle avait épousé un homme dont elle ignorait tout. Avait-elle commis une grosse erreur ? Aurait-elle mieux fait d'être ruinée plutôt que de se retrouver mariée à un homme qui se servait d'elle pour un projet diabolique ?

— Sauf si elle a tout planifié. Tu n'as pas dit que son cousin avait fait irruption dans sa chambre à coucher pendant que tu la baisais ? Qui ferait une chose pareille ? C'est une preuve supplémentaire de son implication.

Raphael avait-il raconté à cet homme une chose aussi privée ? Comment aurait-il pu ?

— Tu suggères qu'elle a manigancé cette situation pour que je sois obligé de l'épouser ? demanda Raphael, la voix remplie d'incrédulité.

— Et pourquoi ne le ferait-elle pas ? Si Massimo est un Gardien, il pourrait avoir un pouvoir sur elle et lui ordonner de faire ce qu'il veut. Elle devait le savoir. Sans vouloir te blesser, petit frère, malgré tes charmes indéniables, une femme respectable ne se laisse pas séduire par toi sans réfléchir aux conséquences.

De quoi l'accusaient-ils ? Massimo n'était pas son tuteur. C'était une femme indépendante, ou du moins c'était le cas avant d'épouser Raphael plus tôt dans la journée. La sueur perla sur son front. Qu'avait-elle fait ?

— Je reconnais que la situation était inhabituelle, mais tu ne peux pas ignorer le fait qu'elle est tombée dans mon escarcelle. Notre combat pourrait bientôt se terminer.

Isabella contenait les larmes qui montaient, des larmes de tristesse. Elle avait cru que Raphael la désirait, qu'il tomberait peut-être même amoureux d'elle. Or, tout ce qu'il voulait, c'était l'utiliser pour quelque chose qu'elle ne comprenait même pas. Elle ne pouvait pas ouvrir les yeux. Elle ne voulait pas affronter la réalité. Elle était mariée à un homme qui ne pensait qu'à lui.

— Très bien, je vais contacter nos amis et voir ce que nous pouvons trouver. En attendant, tu ferais mieux de prendre soin de ta femme. Je te conseille de ne pas la perdre de vue. S'il s'avère qu'elle nous trahit, n'oublie pas ce que tu dois faire.

Isabella retint son souffle, mais Raphael ne répondit pas. Au lieu de cela, elle l'entendit se lever, et ses talons se rapprocher sur le parquet. Quand le canapé s'enfonça sous sa hanche, elle sut qu'il s'était assis. Quand sa main effleura son bras, elle frissonna.

— Réveille-toi, mon ange.

Il la tira jusqu'à une position assise et la serra dans ses bras, caressant son dos de ses mains.

Elle ne pouvait plus prétendre dormir, mais elle restait muette.

— Hm.

— Ouvre les yeux, Isabella. Je voudrais te présenter quelqu'un.

Ses yeux s'ouvrirent et elle rencontra le regard de Raphael. Il lui sourit et l'embrassa doucement sur la joue. Elle tenta de se dégager, mais il l'enlaça trop fort. Soudain, elle eut peur de lui. C'était un homme imposant. S'il voulait lui faire du mal, ou si l'homme qui l'avait appelé son frère lui donnait cet ordre, il pouvait le faire, et elle ne pouvait rien y changer.

Raphael relâcha partiellement son étreinte, ce qui lui permit de se tourner sur le côté.

— Isabella, voici mon frère Dante, dit-il en désignant l'homme imposant près du canapé.

Isabella leva les yeux vers l'homme en question. Ses cheveux étaient noirs, comme ceux d'un corbeau, et sa silhouette était large. Dès qu'elle aperçut cet homme, elle remarqua qu'il ressemblait à Raphael, à ceci près qu'il était plus grand et que ses traits étaient plus rugueux et moins raffinés que ceux de Raphael.

— C'est un plaisir de vous accueillir dans notre famille, dit Dante.

Elle savait que c'était un mensonge. Quelques instants auparavant, il avait dit à son frère de ne pas lui faire confiance. Mais elle savait qu'elle ne pouvait laisser aucun d'entre eux savoir ce qu'elle avait entendu. Si elle le faisait, elle était condamnée. Même si elle avait à peine compris la moitié de ce dont ils avaient discuté, elle en avait compris assez pour savoir que Dante était dangereux et qu'il la tuerait probablement si elle se mettait en travers de ses plans.

— Merci, monsieur, murmura-t-elle en baissant les yeux.

— Isabella, tu dois m'appeler Dante. Ici, nous ne sommes pas très formels. Et tu es ma sœur désormais.

— Bien sûr, répliqua-t-elle avec hâte, sans vouloir le contredire.

— Assez de plaisanteries pour ce soir, dit Raphael. Pourquoi ne pas te conduire à l'étage et te faire préparer un bain ? Je te rejoindrai bientôt.

Son pouls s'accéléra.

— On reste ici ?

Elle pensait que c'était la demeure de Dante et elle n'avait pas envie de rester chez lui. Elle préférait être dans son propre foyer, où elle pourrait demander de l'aide si nécessaire.

— Oui, nous passerons la nuit chez moi, répondit Raphael.

— C'est ta maison ?

Il hocha la tête.

— Oui. Tu crois vraiment que tu as épousé un pauvre ? C'est la maison de Dante et la mienne. Nous y avons vécu toute notre vie. Viens, je vais te montrer ma chambre.

Il toussota.

— Notre chambre.

Isabella déglutit péniblement et posa sa main tremblante dans sa main ouverte.

13

Même le bain chaud préparé pour elle par une servante ne parvenait pas à apaiser les nerfs d'Isabella. Elle essayait de reconstituer ce qu'elle avait entendu, mais tout restait confus. Qu'est-ce que Raphael attendait d'elle ? Et de Massimo ? Croyait-il vraiment qu'elle obéissait aux ordres de Massimo ? Elle avait toujours détesté cet homme, même quand Giovanni était encore en vie. Elle détestait la façon dont il se glissait partout et considérait sa maison comme la sienne, donnant des ordres à ses serviteurs et se comportant comme le maître des lieux à chaque fois qu'il venait rendre visite.

Il était ridicule de penser qu'elle puisse lui obéir.

Elle ne le découvrira pas. Les paroles de Raphael résonnaient encore dans son esprit. Que dissimulait-il ? Était-il un joueur ? Avait-il déjà une autre femme ? Qu'est-ce qu'il cherchait à cacher ?

De toute évidence, il ne l'avait pas épousée pour son argent. En parcourant sa chambre, elle ne put s'empêcher d'admirer le riche mobilier, les tapis coûteux, les beaux tableaux. Tout ce qu'il possédait respirait la richesse. Sa propre maison, en comparaison, ressemblait à celle d'un pauvre. Non, ce n'était pas son argent qu'il convoitait.

Cela la ramena à Massimo. Qu'est-ce que Massimo possédait que Raphael et son frère désiraient tant ? Elle n'avait jamais vraiment compris ce que faisait Massimo. Mais elle avait toujours détesté le fait que, lorsqu'il venait les voir, il emmenait Giovanni avec lui, et ils passaient la nuit dehors. Giovanni rentrait à la maison débraillé et épuisé. Mais pas une seule fois il n'avait répondu à ses questions sur ses déplacements.

Isabella se glissa sous les couvertures du grand lit et se força à fermer les yeux. D'une manière ou d'une autre, elle s'en sortirait. Demain, elle retournerait dans sa propre maison et essaierait de trouver un moyen de se sortir de cette situation. Peut-être pourrait-elle solliciter l'intervention du Doge et implorer sa protection. Contre son propre époux ? La société vénitienne ne manquerait pas de s'interroger sur une telle démarche. Non, elle ne pouvait pas divulguer cette affaire au grand jour. Et si Raphael révélait qu'il l'avait prise sous cette voûte publique, à la vue d'un étranger ? Sa réputation serait en lambeaux, malgré le fait qu'elle soit mariée.

Non, elle ne pouvait demander l'aide de personne. Elle était seule dans cette affaire, effrayée par son propre mari, un inconnu dont elle ne savait rien.

Lorsqu'Isabella entendit la porte s'ouvrir et des pas sur le sol, elle sut que Raphael était venu la rejoindre. Depuis qu'il l'avait conduite dans sa propre chambre à coucher sans lui en donner une autre, elle savait qu'il finirait par la rejoindre. Elle feignit de dormir pour l'empêcher de la prendre une nouvelle fois. Il devait en avoir assez pour ce soir après ce qu'il avait fait sous la voûte.

Un bruit de tissus confirma que Raphael se déshabillait. Peu de temps après, il s'infiltra sous les draps et l'attira immédiatement dans ses bras. Il était nu.

— Mmm, tu sens très bon.

Il lui effleura délicatement la nuque, déposant des baisers le long de sa jugulaire. Elle laissa échapper un soupir.

— Tu es donc toujours réveillée. J'espérais que tu le serais.

— Je suis très fatiguée, répondit Isabella, espérant qu'il la laisserait tranquille.

Elle ne voulait pas qu'il la touche alors qu'elle savait que quelque chose n'allait pas.

— Je sais, mon ange. Est-ce que tu as mal ?

Sa main se glissa vers l'endroit entre ses jambes, qui se mit à palpiter instantanément.

— Oui, oui, j'ai mal, mentit-elle en souhaitant qu'il retire sa main pour que son corps ne devienne pas humide et en manque.

Cependant, plutôt que de la laisser tranquille, Raphael remonta sa chemise de nuit. Comme elle n'avait pas de pyjama, elle avait choisi de porter cette dernière comme protection. Il sembla que son nouvel époux ne s'en souciait guère.

— Laisse-moi arranger ça. Maintenant, débarrassons-nous de ça.

Il tira sur sa chemise, l'enleva, puis la passa par-dessus sa tête.

— Mais, protesta-t-elle.

Ne l'avait-il pas entendu quand elle lui avait dit qu'elle avait mal ? N'allait-il pas lui accorder un sursis ?

Il posa son doigt sur ses lèvres.

— Chut, Isabella. Je ne te pénétrerai pas. Je me contenterai d'apaiser ta chair. Je serais un mauvais mari si je négligeais les besoins de ma femme.

Puis il passa sa main dans ses cheveux.

— Tu m'as fait plaisir ce soir, plus que tu ne le sauras jamais. Te voir dans un tel état d'extase, observer ta passion, la sentir envahir mon corps. Tu m'étonnes par ta générosité.

Elle entendit ses mots, teintés d'admiration. Comment pouvait-il être le même homme qu'elle avait entendu parler à Dante, le même homme qui avait avoué à son frère qu'il l'utilisait ? Sa poitrine se serra et un sentiment de désespoir l'envahit. Elle essaya de dissimuler un léger sanglot qui s'échappa de ses lèvres, mais il l'entendit malgré tout. Et l'interpréta mal.

— Mon amour, tu n'as pas à avoir honte de ce que nous avons fait. Personne ne le saura jamais. Tu es ma femme, et je serai toujours là pour te protéger des autres.

Sa main glissa doucement vers ses seins généreux, les caressant tendrement.

— Tu étais si belle ce soir. Ta poitrine dépassait de ton corsage, tes jupes étaient remontées, ta chatte rosée brillait. C'était le plus beau des spectacles. De savoir que tout cela m'appartient, ça me rend fier.

Il la touchait avec des mots. Elle ne les comprenait pas, mais son corps répondait malgré tout. Il se réchauffa sous ses caresses alors que sa main descendait pour caresser son ventre. Elle hoqueta de surprise lorsque ses doigts s'emmêlèrent dans son triangle de boucles.

— Oui, tu étais si réceptive, poursuivit-il d'une voix douce. Ton miel était si abondant qu'il a englouti ma queue, et je n'ai jamais connu de foyer plus accueillant pour elle. Même maintenant, juste à y repenser, je suis tellement excité que j'ai envie d'exploser.

Mon Dieu, elle désirait tant cet homme, malgré ses appréhensions quant à ses intentions, à ses desseins. Pourtant, elle devait résister, lutter contre son propre corps. Elle se raidit.

— N'aie pas peur, Isabella. Je t'ai promis de ne pas te pénétrer ce soir. Je ne veux pas abîmer davantage ta chair sensible. Cependant, une fois que ton corps sera apaisé, je te prendrai et je glisserai ma queue en toi si profondément que je toucherai ton utérus.

Elle laissa échapper un gémissement, incapable de le retenir plus longtemps.

— Oui, tu aimes ça. Tu aimes ma queue. Je l'ai vu à la façon dont tu m'as sucé aujourd'hui.

Comment pouvait-elle lui résister quand il mettait son corps en ébullition, quand il lui transmettait ces délicieuses sensations en quelques mots, quand sa main se posait presque innocemment sur son sexe ? Il l'effleura à peine et pourtant son plaisir monta en flèche, poussant son corps plus haut.

— S'il te plaît, chuchota-t-elle.
— S'il te plaît quoi ?
Elle n'en pouvait plus.
— Fais disparaître le mal.
— Oui, mon ange.

Raphael glissa le long de son corps et écarta ses cuisses pour se positionner entre elles. Il enfouit ensuite la tête sous ses pétales humides et commença à la lécher avec sa langue brûlante. À chaque coup de langue, à chaque baiser, le plaisir grandissait en elle. Elle oublia la conversation qu'elle avait entendue, ainsi que la menace implicite qui y était contenue. Tout ce qu'elle percevait, c'était l'empressement de Raphael à lui procurer du plaisir.

En l'espace de quelques secondes, elle sentit son corps s'embraser et perdre tout contrôle. La langue de l'homme s'abattit sur sa perle et la rendit dure. À chaque coup de langue et à chaque traction, de petites explosions se produisaient dans son ventre.

Isabella enfouit ses mains dans les draps, saisissant le tissu à pleines poignées alors qu'elle luttait contre la réaction de son propre corps face à lui. Mais elle ne pouvait pas lutter contre ce qu'il lui faisait. Il lui donnait du plaisir et la catapultait dans un monde de félicité sans rien demander en retour. Ses attentions intimes n'en étaient que plus douces. Quand ses lèvres se refermèrent sur son centre de plaisir et tirèrent, elle lâcha prise et s'abandonna à lui. Les vagues qui suivirent la bercèrent jusqu'au sommeil.

Le dernier souvenir qu'elle eut fut celui de Raphael, qui l'attira vers lui, la colla contre sa poitrine et chuchota à son oreille :

— Je ne te ferai jamais de mal.

14

Raphael se réveilla en début d'après-midi, Isabella toujours blottie contre sa poitrine. Elle était restée là toute la nuit, ce qui le remplit de joie. Il avait senti son anxiété la veille et redoutait qu'elle regrette ce qu'ils avaient fait. C'est pourquoi il ne l'avait touchée que par ses mots. Il ne voulait pas qu'elle regrette. Il désirait qu'elle comprenne combien il appréciait ce qu'elle lui avait offert.

Bien que Dante eût exprimé une opinion contraire, il ne laisserait rien ni personne venir s'interposer entre lui et son épouse, pas même sa propre faim, qui le tenaillait déjà à son lever. Il n'avait pas mangé depuis la nuit où il avait frôlé la noyade, et il sentait maintenant que son corps réclamait le sang vital pour sa survie.

Il allait devoir se nourrir ce soir. Non pas en suçant le cou de sa douce épouse, qui dormait encore dans ses bras, mais en s'en prenant à un étranger. Car Dante avait raison sur un point : il ne pouvait pas révéler sa véritable nature à sa femme. Elle le fuirait. Et il ne voulait pas la perdre.

Lorsque Isabella ouvrit les yeux, Raphael était habillé et avait préparé un repas pour elle. Il savait qu'elle aurait besoin de se nourrir. Quand il la retrouva dans la salle à manger, dont les rideaux clos et les nombreuses bougies maintenaient une pénombre relative, elle avait presque terminé son repas.

Il prit place en face d'elle. Elle paraissait tendue lorsqu'elle le fixa, les cils légèrement baissés, comme si elle tentait de l'éviter. Est-ce que la gêne persistait de ce qui s'était passé la veille ?

— Dois-je te préparer un plat ? demanda-t-elle en se dirigeant vers le petit buffet préparé par un de ses serviteurs.

— Merci, mon amour, mais j'ai mangé pendant que tu dormais encore.

Il ignorait combien de temps il pourrait dissimuler son refus de manger. Son corps de vampire ne pouvait se nourrir que de sang et de liquides, jamais de nourriture solide. Il allait devoir trouver toutes sortes d'excuses pour qu'Isabella n'ait pas de soupçons.

— Oh ! J'ai rarement dormi aussi longtemps.

Elle rougit d'un rose délicieux.

— Je t'ai épuisée la nuit dernière.

Il marqua une pause, puis remarqua qu'elle baissait encore davantage les yeux et que ses joues s'assombrissaient.

— Et j'ai l'intention de recommencer ce soir.

Il ignora son souffle choqué.

— Mange. Pour que tu aies des forces.

Il aimait la secouer, lui faire perdre son calme. Oui, par-dessus tout, il aimait enlever ces couches de femme respectable qu'elle avait accumulées sur elle-même, parce qu'en dessous se cachait une femme qui abritait une passion brutale et une luxure sans retenue. Exactement comme il l'aimait.

— Quand rentrerons-nous chez nous ?

— Tu ne te plais pas ici ?

— Ta maison est vraiment luxueuse et grande. Mais j'ai une entreprise à gérer et toutes mes affaires sont chez moi.

C'était un argument convaincant. Il n'avait aucune raison de le contester. D'ailleurs, pour en savoir plus sur Massimo, qui ne manquerait pas de vouloir s'immiscer chez elle à nouveau bientôt, il valait mieux rester chez elle.

— Très bien, mon ange, nous retournerons chez toi ce soir.

— Pourquoi pas maintenant ?

Il fronça légèrement les sourcils.

— Pourquoi cette précipitation ? Tu détestes tellement cet endroit ?

Isabella secoua vigoureusement la tête.

— Non. Bien sûr que non.

Mais son expression disait le contraire.

— C'est Dante, n'est-ce pas ? Tu ne l'aimes pas.

Non pas que son frère soit l'homme le plus charmant qui soit. Il pouvait être carrément agaçant quand il le voulait. Et il avait des réserves à l'égard d'Isabella, et peut-être qu'elle les avait perçues.

— Non, non, il est gentil.

Raphael se leva et se dirigea vers elle, avant de lui prendre la main et de l'embrasser tendrement.

— Je veux que tu sois heureuse. Nous rentrerons au coucher du soleil. Je le promets.

— Je vais demander aux domestiques de préparer l'ancienne chambre de Giovanni pour toi.

Raphael se retourna en entendant la voix d'Isabella qui s'échappait de la porte du bureau. Après son départ, elle s'était excusée pour s'occuper d'une affaire d'entrepôt et l'avait laissé à lui-même.

— Ce ne sera pas nécessaire.

Elle le regarda avec étonnement.

— Je serai ravi de rester dans ta chambre.

La poitrine de la jeune femme se souleva et il ne put s'empêcher de la dévorer des yeux, admirant la peau laiteuse de ses seins. Bien que la robe qu'elle portait ne soit pas aussi décolletée que la robe rouge qu'elle avait portée la veille, il n'en fallait pas plus pour imaginer ses mamelons se dévoiler sous ce corsage. Son pantalon se resserra à cette pensée.

— Mais ce n'est pas approprié, les couples mariés ont des chambres séparées.

Il se leva et s'avança vers elle, son regard se posant sur ses lèvres pulpeuses.

Il passa le dos de sa main sur les ondulations que son décolleté laissait deviner. Il s'imprégna de son parfum et sentit sa faim reprendre le dessus. Il n'avait toujours pas mangé et, jusqu'à ce que tous les membres de la famille soient couchés, il ne pourrait pas quitter la maison pour chasser et se nourrir. Peut-être qu'une petite distraction l'aiderait à passer le temps.

Raphael l'invita à entrer dans son bureau et ferma la porte derrière elle. Elle semblait savoir ce qu'il allait faire et c'était peut-être le cas. À présent, elle devrait être capable de lire sur son visage et de savoir quand il pensait au sexe.

— Raphael, j'ai encore du travail. Je te prie de m'excuser.

Isabella tenta de se retourner, mais il se contenta de la tirer en arrière. Ses yeux parcoururent la pièce avant qu'il ne la tire vers le bureau et ne la fasse se pencher dessus, face contre terre.

— Tu as encore mal ?

— Oui, balbutia-t-elle.

— Ne me mens pas.

Elle hésita, et il laissa sa main courir sur ses fesses. Un souffle s'échappa de sa bouche.

— Je te le demande une nouvelle fois. As-tu encore mal ?

Après un court instant de réflexion, elle répondit :

— Non.

— Tu as aimé la façon dont je t'ai léchée la nuit dernière ? Comment j'ai dévoré ta chatte ?

Il sentit son cœur s'accélérer. Il savait que son discours l'excitait. Sa main pressa une fesse avant qu'il ne commence à rassembler ses jupes pour les remonter.

— Tu n'as pas entendu ma question ?

Un léger soupir s'échappa de ses lèvres.

— J'ai aimé ça.

Raphael remonta ses jupes jusqu'à sa taille, puis commença à défaire son pantalon.

— Tu ne peux pas faire ça ici. Les domestiques !

Sa voix semblait paniquée, mais il ne se laissa pas décourager. Il abaissa ses sous-vêtements, révélant ses fesses parfaitement rondes. Quand il les toucha de la paume de sa main, elle inspira profondément.

Il enfonça ensuite son doigt dans son creux intime et le fit glisser jusqu'au sommet de ses cuisses, où il fut accueilli par une douce humidité.

— Si peu d'encouragement, et tu es déjà mouillée. Je suis surpris que ton défunt mari ait pu travailler, vu qu'il devait te satisfaire.

Il enfonça à nouveau son doigt dans son canal accueillant, ce qui la fit haleter.

— Tu as raison, les domestiques peuvent nous déranger à tout moment, poursuivit-il. Sais-tu ce qu'ils verraient ?

— Raphael, je t'en prie, protesta-t-elle, mais sa voix n'était pas brûlante, elle ressemblait plutôt à une demande de plus.

Un appel auquel il était tout à fait disposé à répondre.

— Ils verraient comment la maîtresse de maison est baisée par derrière comme une vulgaire prostituée. Et ils l'entendraient haleter comme une chienne en chaleur.

Il retira son doigt et déboutonna la partie inférieure de son pantalon.

— Et ils l'entendraient en redemander, ils la verraient supplier d'être baisée plus fort, d'être remplie par la queue dure de son nouveau mari.

Raphael sortit sa verge et la guida jusqu'à l'entrée de son canal.

— Dis-moi, Isabella, est–ce que c'est ce que les domestiques verraient s'ils entraient ici ?

Sa réponse n'était qu'un souffle, mais il l'entendit clairement.

— Oui.

Sans hésitation, il s'enfonça en elle, atteignant son point le plus profond. Sous lui, elle gémit fortement.

— Baise-moi, murmura-t-elle soudain, sa voix à peine perceptible.

— Qu'est-ce que c'était, mon ange ? demanda-t-il, même si son ouïe supérieure avait perçu les mots.

— Baise-moi, répéta-t-elle, cette fois plus fort.

Ses paroles résonnèrent comme une mélodie dans ses oreilles. Elle perdit le contrôle et se débarrassa du manteau de la bienséance, se laissant aller à ses sentiments dévergondés, le laissant satisfaire ses besoins de débauche. Oui, c'était bel et bien lui qui la dirigeait désormais, sans partage. Bien que sous les ordres de Massimo, il veillerait à ce qu'elle se rallie à sa cause, car il saurait parfaitement comment répondre à ses attentes.

À chaque fois qu'il plongeait dans ses douces profondeurs, son pouls devenait de plus en plus incontrôlable. Sa peau transpira et son canal se contracta autour de lui, tentant de l'agripper et de le maintenir en place. Le bruit de la chair heurtant la chair résonnait dans la pièce, tandis que leurs gémissements se confondaient. Tout ce qu'il entendit fut le battement de son propre cœur. Il ne se contentait pas de battre au rythme effréné de leur baiser, il lui disait que, quelle que soit l'issue de tout cela, il l'aurait, même si cela signifiait faire d'elle l'une des leurs. Un jour, parce qu'il ne pouvait pas la laisser vieillir et mourir.

Raphael la chevaucha jusqu'au bout de son orgasme, sans lui laisser de répit. Tandis qu'il continuait à la pénétrer, il glissa un doigt humide jusqu'à son anus et trouva l'ouverture étroite qui marquait l'entrée de son canal sombre. Il en fit le tour en frémissant.

Sa bouche exprima une protestation, mais il l'ignora, parce que son corps lui disait le contraire. Alors qu'il se pressait contre le bord, Isabella se recroquevilla contre lui, cherchant et désirant cette intrusion. Son doigt s'enfonça profondément, et ses muscles se contractèrent, se resserrant autour de lui. Quand elle se calma, il secoua vigoureusement sa queue, attirant ainsi son attention loin de son postérieur.

Isabella poussa de nouveau, cette fois, enfonçant son doigt en elle. Il la pénétra doucement avec son doigt, au même rythme que sa queue, et son corps suivit ses mouvements, reculant à mesure qu'il avançait.

Il n'avait jamais rien senti d'aussi serré que son cul. Le fait de savoir qu'il allait y aller, qu'il allait plonger sa queue impatiente dans ce trou interdit, le défit. Sa libération le submergea d'une vague de sensations et, au milieu de tout cela, il sentit les deux canaux de la femme se resserrer autour de lui, spasme après spasme.

15

Isabella déposa ses boucles d'oreilles dans la boîte à bijoux de sa commode, mais, avant qu'elle ne puisse refermer le couvercle, Raphael saisit son poignet.
— À qui est-ce ?
Elle suivit son regard vers l'anneau d'onyx noir niché dans un coin.
— C'est à moi, bien sûr.
Raphael soupira.
— C'est vrai ?
Il semblait accusateur, tout comme cet étranger qui avait dit à son frère qu'il ne faisait que l'utiliser.
Le vent glacial qui s'abattit subitement sur son cou n'apaisa en rien la soudaine appréhension qu'elle éprouvait envers lui. Pour rompre le silence gênant qui régnait entre eux, elle s'empressa de dire :
— C'était à mon mari. J'en ai hérité.
Il sembla se détendre un peu à ces mots.
— Puis-je la regarder ?
Elle hocha la tête, puis il sortit la bague de la boîte et l'examina.
— Ça a l'air plutôt inhabituel. Est-ce le sceau de la famille ?
— Non. Je ne crois pas non plus que ce fut sa bague préférée. Il la portait rarement et a fini par l'abandonner.

Elle s'était toujours demandé ce que Giovanni avait bien pu apprécier dans ce bijou étrange. Elle n'avait en tout cas jamais aimé cette vilaine chose. Mais ce qui la préoccupait le plus, c'était de comprendre pourquoi Raphael s'y intéressait tant. Cela avait-il un rapport avec l'intérêt qu'il portait à Massimo et à la famille de son mari ?

— Pourquoi cette question ?

— Je suis juste curieux, car il semble que ce soit une pièce si voyante. Tu as dit qu'il avait cessé de la porter. Quand cela s'est-il produit ?

— Le mois précédant sa mort. À ce moment–là, il était différent.

Isabella se souvint que son mari avait soudainement changé. Il était distant et inaccessible. Il avait même commencé à l'éviter. À l'époque, elle s'était demandé s'il n'avait pas trouvé une autre femme. Il passait la plupart des nuits loin d'elle.

— ... Isabella ?

La voix de Raphael la tira de ses pensées déprimantes.

— Je suis désolée, qu'est-ce que tu veux savoir ?

Elle croisa son regard dans le miroir et remarqua son intensité. Cela lui rappela encore une fois à quel point il voulait se servir d'elle. Les questions sur son mari ne firent que renforcer le soupçon que les apparences étaient trompeuses avec son nouvel époux.

Elle ne comprenait pas comment elle avait pu lui permettre de la prendre avec tant d'ardeur dans le bureau, à peine une heure plus tôt, et de l'explorer de la manière la plus débridée qui soit. Mais son corps n'avait réagi que d'une façon, celle qu'il semblait connaître : par un désir inextinguible. Elle sentit son visage s'empourprer de gêne en se remémorant son expérience. Ses tétons devinrent humides et sa peau se couvrit de frissons.

Lorsque, soudain, les doigts de Raphael effleurèrent sa nuque, elle tressaillit. Il se dégagea, puis lui lança un regard étonné dans le miroir. Puis il s'éclaircit la gorge.

— Je me demandais si tu pouvais m'en dire plus sur lui, sur ton défunt mari.

— Pourquoi ?

Son dos était parcouru par une sensation désagréable d'être questionnée.

Il lui souriait.

— Parce que je ne veux pas commettre les mêmes erreurs que lui dans notre mariage.

Isabella tourna la tête vers lui. Elle n'attendait pas cette réponse.

— Des erreurs ? Qu'est-ce qui te fait penser qu'il a commis des erreurs ? Nous avons eu un mariage parfaitement agréable.

— Agréable, renifla-t-il. Je ne veux pas d'un mariage agréable. Je veux un mariage heureux.

— Ce n'est pas la même chose ?

— Non, mon ange. Maintenant, dis-moi, comment était-il ?

Il lui prit la brosse des mains et commença à lui brosser les cheveux. Elle fut surprise par ce geste intime.

— Eh bien, s'il le faut.

Puis elle soupira.

— Il ne m'a jamais brossé les cheveux.

Le sourire de Raphael était réconfortant, et ses yeux brillaient d'une chaleur apaisante. La tension menaçante qu'il avait manifestée en posant des questions sur la bague de Giovanni semblait s'être évaporée. Peut-être l'avait-elle imaginée.

— C'était un homme bon. Il a subvenu à mes besoins et m'a appris à l'aider à gérer son entreprise. J'ai beaucoup appris de lui. Il était attentionné.

Elle s'interrompit, ne sachant que dire d'autre sur lui.

— Pourtant, il n'a jamais goûté ta chatte, susurra Raphael à son oreille.

Elle baissa les paupières.

— Ce n'était pas son genre, murmura-t-elle.

— Quel genre, Isabella ?

Son souffle passa sur son épaule.

Elle balbutia, incapable de se concentrer, pendant que lui essayait délibérément de faire réagir son corps.

— Passionné ? demanda-t-il.

— C'était un homme mesuré. Chaque chose avait son temps et sa place. C'est pourquoi c'était si étrange...

Si étrange quand il avait changé.

— Qu'est-ce qui était étrange ?

Raphael continua à lui brosser les cheveux avec de longues et douces caresses.

— Avant qu'il ne meure. Il n'était plus l'homme qu'il était auparavant.

— En quoi a-t-il changé ?

— Je ne suis pas certaine, mais il semblait différent. Il évitait d'être seul avec moi. Il avait des crises de colère soudaines et inattendues. Toute la nuit, il se tenait à distance, et passait ses journées enfermé. Ce comportement était inhabituel. Il évitait même Massimo, alors qu'ils avaient toujours été aussi proches que des frères. Il a un jour jeté son anneau en onyx dans un coin, comme s'il n'avait aucune valeur. C'était son caractère.

Les gestes tendres de Raphael sur ses cheveux calmaient ses pensées. Cependant, quelque chose d'autre la troublait encore.

— Je crois qu'il a pris une maîtresse. Il n'a plus couché avec moi. C'est peut-être ce qui arrive aux hommes après quelques années de mariage. Ils se désintéressent de leur femme.

Raphael déposa sa brosse sur la table et tourna le corps de la jeune femme vers lui.

— C'est de cela que tu as peur ? Que je me désintéresse de toi ?

Elle ne voulait pas lui répondre. Quel serait l'intérêt de se dévoiler ainsi, seulement pour qu'il la blesse un jour, peut-être demain, en découvrant les véritables raisons qui l'avaient poussé à l'épouser ? Elle ne voulait pas le regarder, mais il posa sa tête sur sa main et l'obligea à lever la tête.

— Je ne me désintéresserai jamais de toi. Comment le pourrais-je ? Tu es la femme la plus attachante et la plus passionnée que j'aie jamais rencontrée.

Son baiser était tendre, mais, en quelques secondes, il devint ardent et vorace. Bien que remplie de doutes sur ses attentes envers elle et sur le mariage, elle s'abandonna à lui.

Raphael la souleva et la porta jusqu'à leur lit, où il la couvrit de son propre corps.

— Maintenant, ma douce épouse, laisse-moi te montrer à quel point tu m'intéresses.

16

Isabella se réveilla une troisième nuit de suite, seule, Raphael était introuvable. Comme les deux nuits précédentes, il était venu la rejoindre dans le lit et avait fait l'amour avec elle avant de disparaître pendant qu'elle dormait. Elle avait d'abord pensé le trouver dans le bureau ou le salon en train de boire un verre de grappa ou de lire un livre, mais la maison était vide à l'exception des domestiques.

Pourtant, chaque matin, il était de nouveau à ses côtés, dormant, son corps serré contre le sien, comme s'il n'avait jamais été absent. Bien qu'il lui ait assuré qu'il ne la délaisserait pas comme Giovanni l'avait fait, elle ne pouvait s'empêcher de se demander où il allait au milieu de la nuit.

Mais elle ne répéterait pas la même erreur qu'avec Giovanni. Elle ne lui permettrait pas de la traiter de la sorte. S'il disparaissait à nouveau, elle le suivrait et percerait à jour ses secrets.

Raphael entra dans le salon de sa maison. Il vit que quelqu'un y était déjà : son meilleur ami, Lorenzo, était allongé sur le divan.

— Lorenzo, c'est un plaisir de te voir.

Lorenzo lui adressa un sourire moqueur. La malice brillait dans ses yeux bleus. Ses cheveux lâchés aux épaules et sa chemise ouverte témoignaient du fait qu'il attendait depuis un moment, et les gouttes de sang sur sa poitrine indiquaient qu'il s'était nourri récemment. Très récemment.

— De même. J'ai entendu dire que des félicitations s'imposaient.

Les narines de Raphael s'agitèrent lorsqu'il sentit l'odeur du sang frais. En fait, c'était très intense. Il jeta un regard autour de la pièce et vit Dante installé confortablement dans son fauteuil préféré, près du feu, une jeune femme assise sur ses genoux. Sa robe était ouverte sur le devant, révélant ses petits seins fermes, que Dante caressait tout en lui mordillant le cou.

Des gouttes de sang coulaient sur la joue de Dante, preuve de l'avidité avec laquelle il s'était abreuvé de cette femme. Ses doux gémissements arrivaient jusqu'à lui. Elle était sous l'emprise de Dante. Raphael savait qu'elle ne se souviendrait pas de ce que son frère lui avait fait subir. Le talent de persuasion de celui-ci était ce qui l'avait aidé, lui et ses semblables, à ne pas se faire repérer pendant des siècles. Tous les vampires utilisaient ce don pour se nourrir.

Le cœur de Raphael se serra à l'idée de se nourrir d'une femme, mais pas n'importe laquelle : Isabella. Avec un grognement, il s'éloigna de la vue et embrassa Lorenzo, qui venait de se lever du canapé.

— Merci, mon ami, dit-il.

Lorenzo lança un regard oblique à Dante.

— Tu en veux ? Je l'ai apportée pour Dante, mais, comme nous le savons tous les deux, cela ne le dérange pas de partager. Et toi, Dante ?

Même s'il aurait voulu accepter l'offre, il avait décidé de ne plus se nourrir que d'hommes, étant donné qu'il était désormais marié à Isabella. Il ne se sentait pas le droit de toucher une autre femme.

— Non, merci.

— Mon frère est épris de sa femme, tu dois le comprendre, Lorenz, dit Dante, après avoir retiré ses crocs du cou de la femme. Il semble qu'il ne veuille pas céder à la tentation de toucher une autre femme.

— Quant à Dante, il s'occupe d'affaires qui ne le regardent pas. Les gens dont je me nourris ne regardent que moi, répliqua Raphael. Maintenant, si tu as fini de te nourrir, pouvons-nous passer aux choses sérieuses ? Qu'as-tu découvert sur Giovanni Tenderini ?

Dante lécha les piqûres sur le cou de la femme, se leva et la porta jusqu'au canapé où il l'allongea. Il s'essuya ensuite la bouche et reporta son regard sur Raphael, le visage grave.

— C'était bien un Gardien. Je vais laisser Lorenzo te raconter l'histoire. Elle est plutôt captivante, je dois l'avouer.

— Oui, confirma Lorenzo. Un Gardien transformé en vampire.

Raphael fut surpris.

— Quoi ?

— Tu as bien entendu. Il poursuivait un groupe d'entre nous, accompagné de quelques autres Gardiens, mais nous avons réussi à l'éloigner de ses frères. Nous l'avons piégé dans une impasse sans issue. Nico a eu l'idée brillante de lui infliger la pire des punitions.

Raphael retint son souffle, devinant ce qui allait se passer.

— N'est-ce pas une belle punition pour un Gardien que de se transformer en la créature qu'il pourchasse ? Nico l'a transformé. Il s'est débattu. C'était un homme très courageux, si je puis dire. Malheureusement, cela ne servit à rien. Finalement, l'acte fut commis, le transformant en l'un d'entre nous. Un mois plus tard, nous apprîmes son décès. Je me demande s'il s'est suicidé. Il devait savoir qu'il allait se noyer.

— Tout s'explique maintenant.

Raphael passa une main dans ses cheveux.

— Que veux-tu dire par là ? demanda Dante.

— Isabella avait remarqué un changement chez lui quelques semaines avant sa mort. Il a cessé de porter sa bague de gardien, mais je ne crois pas qu'il se soit suicidé. Il semble plutôt qu'une personne proche ait mis fin à sa vie.

Lorenzo demanda :

— Sa femme ?

Raphael le regarda d'un air sévère, affirmant qu'Isabella n'aurait jamais fait de mal à une mouche.

— Non, Isabella ne ferait jamais de mal à qui que ce soit.

— Tu sembles si sûr de toi, mon frère. Ne t'ai-je pas dit de ne pas faire confiance à ta femme ? Fais attention, tu pourrais finir comme son premier mari.

Raphael lança un regard noir à son frère.

— Isabella n'a rien à voir là-dedans. Je suspecte plutôt son cousin Massimo d'être mêlé à sa disparition. As-tu demandé à quelqu'un de le suivre ?

Dante acquiesça.

— Il est prudent. Il n'a eu aucune rencontre suspecte avec qui que ce soit jusqu'à présent. Et nous n'avons repéré l'anneau sur personne d'autre. Je soupçonne les Gardiens de ne la porter qu'en privé ou lorsqu'ils se rencontrent.

Ce qui pourrait signifier que Massimo considère la maison d'Isabella comme son domaine privé.

— Il va falloir être patient.

Raphael jeta un coup d'œil à l'horloge sur la cheminée.

— Je dois rentrer avant qu'elle ne se réveille.

Dante fit la grimace.

— Je pense que tu devrais la laisser. Nous n'avons pas besoin d'elle pour atteindre Massimo. Maintenant que nous connaissons son nom et sa localisation, il n'est pas nécessaire de s'attacher à elle. Elle ne fera que devenir un handicap et te mettre en danger.

Raphael grogna.

— Elle est à moi. Et elle le restera.

17

Raphael quitta son lit conjugal, laissant sa femme endormie, pour se nourrir à nouveau. Il aurait peut-être dû accepter l'invitation de sa femme de dormir dans la chambre de Giovanni, mais il ne pouvait s'y résoudre. Il ne voulait pas dormir sans elle et ne lui rendre visite que pour faire l'amour. Il appréciait la sensation de la tenir dans ses bras pendant son sommeil. Cela le calmait.

Avec le plus grand soin pour ne pas la réveiller, il enfila les vêtements laissés sur la chaise et quitta la pièce, refermant doucement la porte derrière lui. Il avait l'impression d'agir comme un voleur en s'habillant dans le couloir, mais il savait que, s'il ne partait pas maintenant, il risquait de s'en prendre à sa femme.

L'idée de Lorenzo de se nourrir de sa proie féminine la nuit dernière avait suscité son intérêt, mais l'idée de toucher une autre femme l'avait plutôt dégoûté. Il valait mieux planter ses crocs dans un homme. Cela ressemblait moins à une trahison. Le fait qu'il pense en ces termes l'effrayait. Il n'avait jamais été monogame, mais il tenait à rester fidèle à Isabella, car elle le méritait. Il voulait que ce mariage fonctionne.

Raphael était silencieux lorsqu'il sortit de la maison et referma la porte latérale derrière lui. Il leva les yeux vers la pleine lune qui inondait de lumière les ruelles étroites. Trop de lumière à son goût. Il aurait préféré qu'il fasse plus sombre pour pouvoir se cacher plus facilement. Mais il n'avait pas vraiment le choix. Sa faim lui dictait ses actes.

Il s'était nourri la nuit où Isabella et lui avaient passé la nuit chez lui. Au cours des trois derniers jours, sa faim s'était accrue. Plus que la normale. En effet, il avait des relations sexuelles passionnées avec sa femme plusieurs fois par jour ou par nuit, ce qui lui demandait beaucoup d'énergie, mais il n'en éprouvait aucune gêne. Il ne pouvait s'empêcher de la prendre dès que l'envie lui en prenait. Soulever ses jupes dans le bureau n'avait été qu'un début.

Pendant la journée, il la baisait rapidement et frénétiquement, mais, la nuit, lorsqu'ils étaient enfermés dans sa chambre, il prenait son temps et lui faisait l'amour avec tendresse, des mots, des mains caressantes et de doux baisers. Il ne savait pas ce qu'Isabella aimait le plus : la façon dont il la possédait dans tous les endroits imaginables de sa maison, ou quand il adorait son corps la nuit.

Parfois, elle le regardait avec l'air d'une biche effrayée, mais, dès qu'il posait ses mains sur elle, ce regard disparaissait toujours et laissait place à une étincelle dans ses yeux qu'il avait appris à aimer. Une fois nourri, il rentrerait immédiatement chez lui et réveillerait Isabella en lui faisant l'amour.

Raphael soupira et fixa un mouvement devant lui. C'était un homme qui titubait dans la ruelle. L'odeur qui émanait de lui confirmait qu'il était ivre. Cela rendrait les choses encore plus faciles. Il n'aurait même pas besoin de l'envoûter pour l'approcher et se nourrir de lui. L'ivrogne ne s'en souviendrait jamais. De plus, l'alcool qui flottait dans son sang ne le rendrait pas ivre.

Raphael s'approcha de l'homme.

— Bonsoir, mon ami.

L'homme tourna la tête et ses yeux se fixèrent lentement, ses lèvres s'étirèrent en un sourire idiot.

— Hein ?

Le temps de la conversation étant terminé, Raphael passa son bras autour de l'épaule de l'ivrogne, puis le tourna contre son torse. Avant que ses crocs ne descendent et ne s'enfoncent dans son cou, l'homme eut à peine le temps de frémir. Ses crocs étaient enduits d'une substance qui atténuait toute douleur, permettant ainsi de se nourrir d'un être humain sans provoquer de cris de douleur.

Alors que le sang riche et imprégné d'alcool recouvrait sa langue et coulait dans sa gorge, Raphael laissa ses sens se détendre. Il ferma les yeux et n'écouta que les exigences de son corps. Il tira sur la veine, longuement, éreintant le liquide vital en lui. Sa seule pensée était de savoir à quel point il voulait que ce cou soit celui d'Isabella. Pour boire d'elle, se nourrir de son sang parfumé, se gaver de son essence, tandis qu'il enfoncerait sa queue insatiable dans…

Un cri perça le silence de la ruelle.

Isabella ne réalisa qu'elle avait crié que lorsqu'elle vit la tête de Raphael se tourner vers elle, relâchant la prise de ses dents sur le cou de l'homme. Ses yeux perçants la fixèrent, et elle vit le sang couler de ses lèvres et le long de son menton. Sa bouche était ouverte, et elle pouvait clairement voir le blanc de ses crocs. Elle était pétrifiée, le regardant fixement.

Elle avait entendu des histoires sur des créatures comme lui, mais n'y avait jamais cru. Elle avait toujours pensé qu'il s'agissait de contes pour effrayer les enfants. Mais ce qu'elle voyait maintenant n'était pas un conte de fées, ni même quelque chose qu'elle pouvait ignorer.

Elle était mariée à un vampire. Une créature qui se nourrissait du sang et de l'énergie vitale des humains.

Au moment où Raphael laissa l'homme s'affaisser contre le mur et s'approcha d'elle, elle retrouva ses forces et s'enfuit.

— Isabella ! cria-t-il derrière elle. Stop !

La voix se rapprocha et elle sut qu'il la poursuivait. Elle était heureuse de porter un pantalon, ce qui facilitait sa course. Elle l'avait caché sous le lit, sachant qu'elle mettrait moins de temps à s'habiller dans l'obscurité qu'avec une robe. Dès que Raphael eut quitté sa chambre, elle avait sauté du lit et s'était préparée à le suivre.

Mais maintenant, elle souhaitait presque l'avoir surpris avec une maîtresse. Ce serait plus facile à gérer et plus sûr.

Ses cuisses brûlaient tandis qu'elle continuait à fuir, même si elle savait qu'elle ne pourrait jamais le distancer. Le bruit de ses bottes sur les pavés de la rue se rapprochait d'elle. Ses poumons la faisaient souffrir, alors elle redoubla d'efforts et courut plus vite qu'elle ne l'avait jamais fait.

— Isabella, s'il te plaît !

Puis il saisit le col de son manteau et le tira vers l'arrière.

— Non !

Elle glissa sur la pierre humide, mais elle serait tombée si Raphael ne l'avait pas attirée contre sa poitrine et enserrée dans ses bras. Comme des chaînes, ils se refermèrent sur elle, l'empêchant de bouger le haut de son corps. Mais il lui restait ses jambes. Elle les repoussa d'un coup de pied, essayant de lui faire desserrer son étreinte, mais sans succès.

— Arrête de te débattre, Isabella. Je ne te ferai jamais de mal. Fais-moi confiance.

— Non, laisse-moi partir, monstre !

Ses lèvres se posèrent sur son oreille, et son souffle effleura son cou lorsqu'il lui répondit. Sa voix était douce et apaisante.

— Je suis désolé que tu l'aies appris de cette manière, mais je ne suis pas un monstre. Je suis toujours l'homme qui t'aime.

Les larmes menaçaient de remonter à la surface, mais elle les repoussa.

— Non. Laisse-moi partir. S'il te plaît, laisse-moi partir.

Elle le sentit secouer la tête derrière elle.

— Jamais, mon ange.

Puis Raphael commença à bouger, l'entraînant avec lui. Une nouvelle vague de panique la saisit. Il allait l'emmener dans un endroit sombre et la vider de son sang. Elle repoussa ses jambes, heurtant ses tibias.

— Non ! Où m'emmènes-tu ?

— Arrête de te débattre, ça ne sert à rien. Nous rentrons à la maison.

Mais il ne prit pas la direction de sa maison.

— Tu mens. La maison est de l'autre côté.

— Ma maison, rectifia-t-il en posant ses lèvres sur sa joue.

Un frisson la traversa, sans qu'elle sache si c'était par peur ou si ça faisait juste partie de la réaction habituelle de son corps à son contact.

Isabella cessa de se battre contre lui, car elle savait que c'était vain. Il était plus grand et nettement plus fort qu'elle. Il était préférable de préserver ses forces pour tenter de s'échapper plus tard.

Maintenant, certaines choses avaient un sens. Dante craignait qu'elle ne découvre que Raphael était un vampire. Et ses absences nocturnes ? Évidemment, il était sorti pour attaquer des gens et se nourrir de leur sang. Elle serait la prochaine, maintenant qu'elle avait découvert son secret, et qu'il n'aurait plus à le lui cacher. Est-ce que ça allait faire mal ? Combien de temps faudrait-il avant qu'il ne la vide de son sang ? Jetterait-il son corps sans vie dans l'un des canaux ?

Isabella frissonna à l'évocation de ces horribles pensées. Elle avait épousé un inconnu pour sauver sa réputation, et maintenant, elle allait mourir à cause de cela. Était-ce la punition qu'elle recevrait pour les jours et les nuits de plaisirs débridés qu'elle avait vécus avec Raphael ? Devrait-elle payer pour ses péchés dans ce monde et non dans l'autre ?

Le simple fait de se remémorer ces évènements la fit frissonner. Il avait libéré tous les plaisirs interdits, l'avait possédée de la façon la plus perverse possible, et elle avait aimé chaque minute de débauche, en demandant même davantage. Elle l'avait laissé utiliser son corps comme une prostituée le ferait, mais cela lui avait procuré plus de plaisir qu'elle n'en avait jamais connu.

— Nous y sommes.

Raphael poussa une porte et l'entraîna à l'intérieur. La lumière était tamisée, seules quelques appliques murales éclairaient le couloir, mais elle reconnut néanmoins l'endroit. Ils étaient de retour dans la demeure de Raphael, son sanctuaire, son repaire. Quel que soit le nom qu'un vampire lui donnait. Elle était maintenant à sa merci.

18

Raphael libéra Isabella et verrouilla la porte de sa chambre. Instantanément, elle s'éloigna de lui, et il ne pouvait pas réellement lui en vouloir. Elle était terrifiée par ce qu'elle venait de voir. Il ôta son manteau et le posa sur une chaise.

— Assieds-toi, mon amour, mets-toi à l'aise.

Elle redressa son dos et le fixa droit dans les yeux.

— Je préfère rester debout.

— Permets-moi d'être franc en te disant que toute tentative de te soustraire à ma présence serait vaine et infructueuse. Je suis plus rapide, plus fort et plus déterminé que toi.

Il ouvrit un tiroir et en sortit un mouchoir propre, qu'il utilisa pour essuyer le sang sur son visage.

— Je suis désolé que tu aies dû voir ça. Mais tu n'aurais pas dû me suivre.

Dès qu'il fit un pas vers elle, elle en fit plusieurs en arrière.

— N'approche pas plus près, prévint-elle, la voix tremblante.

Il pouvait entendre les battements frénétiques de son cœur.

— C'est vraiment difficile de faire l'amour à une telle distance.

Elle écarquilla les yeux.

— Je ne te laisserai pas me toucher.

— Tu le feras, et tu le feras de bon gré.

— Jamais. Je ne laisserai pas un monstre comme toi me toucher.

— Isabella, réfléchis un instant. Je sais que tu es en état de choc, mais essaie de te rappeler les derniers jours. Y a-t-il eu un moment où je t'ai fait du mal ?

Il sentit son hésitation et savait qu'elle ne pourrait pas répondre oui. Mais ses lèvres restèrent scellées. Au lieu de cela, elle leva la tête, déterminée.

— As-tu peur de moi ?

Elle hocha légèrement la tête, presque imperceptiblement.

Raphael déglutit. La dernière chose qu'il voulait, c'était une femme qui ait peur de lui. Il devait la convaincre qu'elle n'avait rien à craindre de lui. Le seul moyen d'y parvenir était de se rendre vulnérable face à elle. C'était un risque qu'il devait prendre. S'il ne le faisait pas, il la perdrait définitivement.

— Très bien, Isabella, tu as gagné.

Il déboutonna sa chemise.

— Que fais-tu ?

Il y avait à nouveau de la panique dans sa voix.

— Je me déshabille.

Il jeta sa chemise par terre, puis retira ses bottes.

— Je t'ai dit que je ne te laisserai pas me toucher.

Son pantalon tomba au sol et il se tint nu devant elle.

— Je ne te toucherai pas, mais tu me toucheras.

Elle secoua la tête, se reculant davantage.

Raphael se rapprocha du lit et ouvrit le tiroir de sa table de chevet. Il en sortit son arme et la posa dessus. Lorsqu'il retira les liens de cuir et se retourna vers elle, elle poussa un cri.

— Oh mon Dieu !

— Isabella. Ce n'est pas pour toi. Ils sont pour moi. Dans le cuir, il y a une fine couche d'argent, un métal que les vampires sont incapables de briser. Je veux que tu m'attaches au lit. Je serai à ta merci, et tu pourras t'assurer que je ne suis pas un danger pour toi.

Il jeta un coup d'œil à la table de chevet. Elle le suivait du regard.

— Le pistolet contient des balles en argent. Elles peuvent tuer un vampire. Utilise-le si tu penses que je représente un danger.

Isabella secoua la tête.

— C'est une ruse. Dès que je m'approcherai de toi, tu m'attaqueras.

— Non.

Il se dirigea vers le lit et s'allongea.

— Je vais d'abord attacher mes chevilles au lit, puis tu feras mes mains. Je te fais confiance. Maintenant, je veux que tu me fasses confiance.

Raphael savait qu'il était fou de proposer cela, mais il devait faire en sorte qu'elle lui fasse confiance. Si elle venait à le tuer, cela n'avait plus aucune importance, car une vie sans elle n'avait plus de sens. Si elle ne pouvait pas l'accepter comme ça, alors il valait mieux qu'elle mette fin à sa vie maintenant et qu'elle ne le laisse pas souffrir de la perte de son amour.

Tout en la regardant continuellement, il attacha d'abord une cheville, puis la seconde au pied du lit, en gardant suffisamment de longueur pour pouvoir encore plier les jambes. Puis il lui tendit la main avec les deux liens restants.

— Prends-les. Attache-les bien.

Elle s'approcha d'un pas hésitant. Il la vit jeter un coup d'œil sur la table de nuit où se trouvait l'arme, puis sur lui.

— Attache-moi, Isabella.

Il plaça les lanières de cuir sur le lit à côté de lui et maintint ses bras contre la tête de lit à l'aide de boucles qui avaient été façonnées en guise d'entraves.

Isabella fit quelques pas de plus et se plaça à côté du lit. Il hocha la tête lorsqu'elle attrapa une sangle. Il put la voir transpirer, une fine couche d'humidité se formant sur son front. Il respira son parfum et se sentit durcir. Instinctivement, il baissa les yeux sur sa queue. Dure et épaisse, elle se dressa.

Lorsqu'il se retourna vers Isabella, il la surprit en train de fixer sa verge dressée. Puis elle saisit son poignet et y attacha la première lanière de cuir, malgré ses mains qui tremblaient légèrement. Avec une fermeté remarquable, elle fixa la sangle contre le crochet d'attache. Ne le perdant pas de vue, elle fit un pas autour du lit et fit de même avec l'autre poignet.

— Merci, murmura-t-il.

Il testa les attaches. Elles tenaient bon. Il n'avait jamais été aussi vulnérable de sa vie. Mais Isabella avait déjà sauvé sa vie, et il espérait qu'elle aurait la force de ne pas la reprendre.

Raphael s'était laissé attacher, mais serait-il vraiment incapable de briser les liens ? Et si c'était un mensonge ? Isabella contourna le lit, scrutant chaque mouvement. Elle arriva à la table de chevet, où se trouvait l'arme. Elle sentit que Raphael la regardait du coin de l'œil, mais il resta immobile, sans tenter de se libérer des lanières de cuir. Isabella saisit l'arme et la pointa vers lui, mais ce n'était pas une preuve suffisante qu'il était vraiment attaché.

Ses yeux trahirent une once de surprise, suivie de déception. Il abaissa doucement ses paupières, et sa voix devint monotone.

— J'ai joué et j'ai perdu. J'avais espéré que ton amour serait assez fort, mais je me suis trompé.

Il la regarda.

— Je t'aime, Isabella. Ces cinq derniers jours ont été les plus heureux de toute ma vie. Je suis désolé que tu ne ressentes pas la même chose pour moi. Vise mon cœur et fais vite.

Il ferma les yeux et prit une profonde inspiration.

— Pourquoi t'es-tu laissé attacher par moi ?

— Cela n'a plus d'importance.

— Pour moi, si.

Ses yeux restèrent clos.

— Tu as pris ta décision, mon ange.

Mais elle avait besoin d'une réponse.

— Ouvre les yeux. Regarde-moi. Dis-moi pourquoi !

Isabella ravala un sanglot.

Lorsqu'il ouvrit les yeux, il la fixa d'un regard surpris.

— Tu veux savoir pourquoi ? J'ai accepté que tu m'attaches parce que j'ai besoin que tu comprennes que je suis prêt à tout pour ton amour. J'ai besoin que tu saches que je ne te ferai jamais de mal. Et le seul moyen d'y parvenir est de te montrer que tu as tout le pouvoir. Maintenant que j'ai satisfait ta curiosité, mets fin à mes souffrances, car une vie sans ton amour est pire qu'une mort miséricordieuse.

C'est à cet instant qu'elle en eut la certitude : Raphael l'aimait plus que quiconque ne l'avait jamais aimée. Elle en était profondément convaincue. Comment pourrait-elle mettre fin à la vie d'un tel homme ? Comment pouvait-elle laisser cet amour lui glisser entre les doigts ? Qu'importait que ce soit l'amour d'un vampire ? Pourtant...

— Est-ce que tu tues les humains dont tu te nourris ?

Elle exprima la peur qu'elle portait dans son cœur. Était-il un meurtrier assoiffé de sang ?

— Non, mon amour. Je ne tue que lorsque ma propre vie est menacée. Je me nourris seulement d'eux.

Isabella expira le souffle qu'elle retenait. Ce n'était pas un tueur. Elle laissa ses yeux se promener sur son corps nu, étalé devant elle : vulnérable, mais excité. Ses mains attachées ne ressemblaient pas à celles d'un monstre, mais à celles qui l'avaient caressée et lui avaient procuré un plaisir inouï.

Baissant le regard, elle se délecta de sa queue. Rigide et pesante, elle se pliait vers le haut et reposait sur son ventre plat. Avec elle, il l'avait conduite à l'extase chaque jour depuis qu'elle l'avait rencontré. Pouvait-elle réellement mettre fin à la vie d'une personne aussi parfaite, rien qu'à cause de ce qu'il était ?

Isabella laissa tomber son bras et jeta l'arme au pied du lit où elle atterrit dans les draps moelleux. Lorsqu'elle se glissa sur le lit, ses yeux s'écarquillèrent.

— Isabella ?

Il y avait un soupçon d'espoir dans sa voix.

Elle se rapprocha de lui, puis l'enjamba sans autre forme de procès, avant de sceller ses lèvres avec les siennes. Le gémissement de surprise de l'un fut étouffé par le gémissement de l'autre.

— Mon ange.

— Embrasse-moi, mon époux, susurra-t-elle sur ses lèvres entrouvertes.

Elle ne sentit pas de crocs lorsqu'il prit sa bouche dans un baiser féroce. Seulement des lèvres douces et une langue affamée qui la dévoraient. Elle le lécha vivement, en donnant des coups assurés, sachant qu'il l'aimait.

Raphael rompit le baiser, puis la fixa avec des yeux sombres et remplis de passion.

— Enlève ton manteau et ta chemise, et laisse-moi voir tes magnifiques seins.

Elle se débarrassa rapidement de ses vêtements encombrants, ne gardant que sa culotte, et se délecta du regard affamé qu'il lui lançait. Lorsqu'elle fut dénudée, il se lécha les lèvres.

— Maintenant, donne-les-moi.

Il leva les yeux pour les croiser.

— Je ne mordrai pas. Sauf si tu le veux.

Il y eut une hésitation dans sa voix, comme s'il n'était pas certain d'avoir dit ce qu'il fallait.

— Est-ce que je voudrais que tu le fasses ? demanda-t-elle, la curiosité l'envahissant.

— Un jour peut-être. Mais laisse-moi te rassurer : même si tu ne me laisses jamais goûter ton sang sucré, je serai toujours ton mari dévoué. N'en doute jamais.

Elle ne le fit pas. Sa sincérité se voyait non seulement à travers ses paroles, mais aussi à travers ses yeux. C'était à ce moment-là qu'elle comprit qu'il ne pourrait plus jamais lui mentir, car elle saurait toujours en le regardant dans les yeux s'il était sincère. Cette pensée lui réchauffa le cœur.

— Maintenant, laisse-moi sucer ces seins avant que je ne brûle de désir pour toi.

Il lui adressa un sourire tordu et Isabella baissa ses seins pour qu'ils pendent au-dessus de son visage. Il fit des efforts pour se rapprocher d'elle, mais les lanières en cuir à ses poignets limitaient considérablement ses mouvements.

— Tu veux mes seins ? lui demanda-t-elle en riant. À quel point les veux-tu ?

Il poussa ses hanches vers le haut, appuyant son corps ferme contre son sexe. Une chaleur liquide s'éleva jusqu'à sa chatte, qui se contracta en réponse.

— À ce point-là.

Elle lui répondit en essayant de prendre sa voix la plus coquette.

— En effet, c'est très impressionnant, Monsieur.

Elle se pencha davantage, et instantanément, sa langue sortit pour lécher un mamelon.

— Monsieur, pensez-vous que c'est convenable ?

— Tout à fait, Madame, dit-il, en se joignant au jeu. Madame, si vous vous penchiez un peu plus, je pourrais vous montrer à quel point c'est approprié.

— Madame peut faire mieux que ça !

Elle prit un sein dans ses mains et porta son mamelon à sa bouche.

Raphael soupira de contentement et l'aspira dans sa bouche, les yeux rivés sur son visage, lui montrant combien il appréciait son geste. Il l'aspira avec voracité, faisant gonfler le petit bouton en une pointe dure, transformant les entrailles de la jeune femme en une substance molle. Elle se retira, n'en pouvant plus.

— L'autre, implora-t-il.

Incapable de lui résister, elle porta son autre sein à sa bouche. Cette fois, il le suça plus fort, comme s'il avait l'intention de ne plus jamais le laisser sortir de sa bouche.

Elle gémit profondément.

— Monsieur, cela ne semble pas correct.

— Bien sûr, si Madame me laisse baiser ses seins.

Ne comprenant pas ce qu'il voulait dire, l'intérêt de la jeune femme augmenta.

— Et comment accomplir un tel exploit ?

Il afficha un sourire moqueur.

— Glisse-toi sur mon corps jusqu'à ce que tes seins touchent ma queue. Ensuite, serre-les contre elle avec tes mains.

Un frisson délicieux parcourut son corps à cette idée.

— Pourquoi, Monsieur, cela semble vraiment débauché.

— Oui, râla-t-il. Alors, fais-le, ma belle dame. Capture ma queue entre tes chairs merveilleuses et fais-moi jouir.

Tout le corps d'Isabella vibra tandis qu'elle glissait le long de son torse musclé, faisant glisser ses tétons sensibles contre sa peau. Chaque mot prononcé par Raphael la rendait de plus en plus chaude. Toute sa peur avait disparu. Il ne restait que la passion et l'amour qu'elle ressentait pour lui, ainsi que la certitude qu'il allait exaucer tous ses désirs.

L'espace entre ses seins était moite depuis qu'il l'avait léchée. Elle savait maintenant qu'il avait fait exprès pour que sa queue se mette en place en douceur. Quand elle appuya ses mains sur l'extérieur de ses seins, il laissa échapper un gémissement incontrôlé.

— Oh, putain !

Isabella se déplaça, faisant glisser sa queue de sa gorge vers sa poitrine, puis la faisant remonter. C'était agréable de sentir sa longue et chaude tige palpiter entre ses généreuses chairs.

— Oui, Monsieur, est-ce assez convenable pour vous ?

— Plus que convenable.

Ses hanches se fléchirent et il commença à pomper de haut en bas.

— Oui, mon ange, c'est tout à fait convenable.

Sa voix devint de plus en plus rauque et transformée à chaque poussée de sa queue.

Lorsqu'elle sentit sa queue se raidir et qu'elle tressaillit, elle sut qu'il était à la limite. Isabella la libéra de la prison de ses seins et la prit dans sa bouche d'une seule traite. Sa surprise était palpable.

— Oh, mon Dieu, Isabella ! Putain !

Raphael cria et projeta sa semence brûlante dans sa bouche, tandis que son corps fut secoué de spasmes et se balança contre elle. Elle avala une gorgée du liquide salé, mais les jets étaient si puissants et rapides qu'elle ne parvenait pas à les suivre. Elle redressa la tête et le relâcha.

Sa main stabilisa sa queue, la pompant, les sucs qui s'échappaient lubrifiant ses gestes. Alors que son orgasme s'atténuait, elle regarda son visage. Ses yeux étaient révulsés, ses lèvres entrouvertes, des perles de sueur coulaient sur son front et sa nuque. Jamais elle n'avait vu un spectacle aussi érotique que celui de son mari, très satisfait.

Sa main lâcha sa queue et glissa jusqu'à ses bourses, le faisant sursauter.

— Isabella, essaies-tu de me tuer ? demanda-t-il en soupirant.

Puis il ouvrit les yeux et sourit.

— J'aime te toucher.

— Et tu peux me toucher autant que tu veux, lui assura-t-il.

— Cela ne te dérange pas que je ne sois pas une épouse digne de ce nom ? Que je me comporte comme une prostituée avec toi ?

— Tu es ma femme. Tu peux agir comme bon te semble avec moi. Rien n'est tabou entre nous.

— Rien ? Est-ce à dire que, peu importe ce que je désire, tu le feras, même s'il s'agit d'une débauche ?

Il gémit.

— Oui, mon ange. Et tout ce que tu veux me faire, je veux que tu le fasses.

Isabella se lécha les lèvres et caressa ses couilles avec sa main humide.

— Tu te souviens de ce que tu m'as fait dans le bureau ?

Quelque chose brilla dans ses yeux.

— Tu veux dire quand je t'ai pris par-derrière ?

— Oui.

Elle laissa ses doigts descendre derrière ses couilles.

— As-tu aimé quand j'ai baisé ton petit trou avec un doigt ?

Il respira plus vite.

— Oui.

Elle fit glisser son doigt encore plus profondément dans sa raie des fesses. Quelque seconde plus tard, Raphael écarta ses jambes aussi loin que le lui permettaient les entraves en cuir, plantant ses pieds à plat sur le matelas.

— Tu veux me faire la même chose ? devina-t-il.

Isabella acquiesça, sans pouvoir exprimer son souhait.

— Fais glisser ton doigt vers l'arrière.

— Cela ne te dérange pas ? demanda-t-elle, surprise qu'il ait accédé à sa demande sans protester.

Ses yeux brillaient de désir lorsqu'il la dévisagea.

— Baise-moi avec tes doigts, mon ange, et fais en sorte que je m'abandonne à toi.

Elle fit glisser son doigt, imprégné de son jus, plus profondément, jusqu'à ce qu'elle atteigne l'orifice dilaté. Elle en fit le tour, d'abord timidement, puis avec plus de détermination. Lorsqu'elle plaça le bout de son doigt à l'entrée, elle sentit qu'il poussait contre elle.

— Oui, l'encouragea-t-il. Laisse-moi te sentir en moi.

Elle inséra son doigt, franchissant l'étroit anneau. La semence sur son doigt facilita son entrée et le fit glisser à l'intérieur sans difficulté.

— Est–ce que c'est... bon ? demanda-t-elle, incertaine d'elle-même.

— C'est encore mieux.

— Mieux ? demanda Isabella en retirant légèrement son doigt. Il serra ses muscles, essayant de la retenir.

— Ne t'arrête pas.

Elle s'y remit, mais elle n'oublia pas ce qu'il avait dit.

— Est-ce que quelqu'un d'autre t'a déjà fait ça ?

Elle souhaitait être la première et unique personne à l'avoir touché ainsi.

Leurs regards se croisèrent.

— Non. Je n'ai jamais permis à quelqu'un d'être aussi intime auparavant. Tu es la première. La seule. Mais j'ai déjà utilisé des jouets.

— Des jouets ?

Quel était le rapport avec les jouets d'enfants ?

— Ce sont des instruments en métal, arrondis et courbés, pour me stimuler. Je dois avouer toutefois que je préfère de beaucoup tes doigts en moi à tous les autres jouets que je pourrais imaginer.

— Mes doigts ?

— Oui, mon amour, glisse un deuxième doigt en moi.

Il fit une pause et sourit. Il répéta les mots qu'elle avait prononcés quelques jours plus tôt.

Raphael gémit lorsqu'elle s'exécuta. Elle ne pouvait s'empêcher de trouver excitant ce qu'elle lui faisait subir. Il était sous son emprise, un vampire dévoré de désir, mais retenu par des liens qu'il ne pouvait rompre. Elle n'avait jamais connu un tel sentiment de puissance : la domination d'une femme sur un homme. Le pouvoir qu'il lui donnait.

— Je t'aime, murmura Isabella, et elle fit glisser ses doigts d'avant en arrière à l'intérieur de lui, pénétrant et sortant de son passage sombre tandis qu'il l'étreignait fermement.

Ses gémissements résonnaient dans la pièce, tout le reste s'estompa dans son esprit.

Elle le mena à l'extase et lui procura ce qu'il désirait.

Lorsqu'il hurla son nom, le corps couvert de sueur, elle inséra un troisième doigt et appuya plus fort. Ses muscles se crispèrent sur elle et se contractèrent alors que son corps entier se tordait.

Elle ressentit son orgasme jusqu'à la dernière cellule de son corps. C'était la sensation la plus pure qu'elle ait jamais vécue, provenant d'une autre personne.

Lorsqu'il s'immobilisa, elle s'approcha de lui et l'embrassa sur les lèvres. Il respira profondément, les yeux fermés.

— Isabella.

C'était tout ce qu'il dit, mais elle savait ce qu'il voulait dire. Il l'aimait.

Elle déposa un autre baiser sur sa bouche.

— Tu es une pute ! C'est comme ça qu'on traîne le nom de mon cousin dans la boue ! Si je ne l'avais pas vu de mes propres yeux, je ne l'aurais jamais cru !

Le cœur d'Isabella s'arrêta à la voix menaçante qu'elle reconnut instantanément.

19

Son corps épuisé par de multiples orgasmes, Raphael était en état de choc. Sa tête se tourna vers l'intrus, Massimo. C'était le pire scénario qu'il aurait pu imaginer. Il avait été trop emporté par la luxure pour percevoir la présence de son ennemi avant qu'il ne soit trop tard.

Massimo se tenait désormais près de la porte, une arme braquée sur Raphael. En tant que Gardien, il savait comment tuer un vampire et Raphael était convaincu qu'il avait des balles en argent.

Isabella, d'un geste rapide, saisit le drap et l'appliqua sur ses seins dénudés. Sa propre pudeur ne comptait plus désormais. Il se calma et essaya de réfléchir à la situation. S'il pouvait occuper Massimo suffisamment longtemps, son frère ou l'un de ses amis se montrerait. S'ils avaient continué à le suivre comme ils l'avaient fait les nuits précédentes, ils seraient bientôt là. Très bientôt.

— Massimo ! Qu'est-ce que… ?

La question d'Isabella n'était qu'un murmure.

— Mon amour, il est temps que tu saches quelque chose sur le cousin de ton défunt mari, dit Raphael en regardant l'homme. Voulez-vous lui expliquer ou dois-je le faire ?

— Je vous en prie, répondit Massimo avec un sourire diabolique. Ce sera la dernière fois que vous parlerez à votre pute, alors profitez-en.

— J'apprécierais que vous ne la traitiez pas de pute. C'est ma femme.

Massimo se contenta de renifler.

— Isabella, dit Raphael, Massimo est ici pour me tuer. Je crois qu'il a tenté de me tuer en me poussant dans le canal il y a quelques jours.

— Malheureusement, je ne peux pas m'en attribuer le mérite. C'est à un autre Gardien qu'il revient de faire cet éloge.

— Quels Gardiens ? interrompit Isabella, la voix aiguë.

Raphael garda son calme, sachant qu'elle était à bout de nerfs.

— Massimo fait partie d'un groupe d'hommes qui chassent les vampires et les tuent, tout comme ton défunt mari.

Isabella le regarda avec stupéfaction.

— Giovanni ? Non ! Ce n'est pas possible. Giovanni était un homme bon. Il n'aurait jamais tué personne.

— Oui, c'était un homme bon, c'est pourquoi il faisait partie de notre groupe. C'était un protecteur de l'espèce humaine, un Gardien. Jusqu'à ce qu'ils en fassent un des leurs. Jusqu'à ce qu'ils le transforment, contre son gré.

La voix de Massimo était remplie de haine.

— Il est venu me voir et m'a raconté ce que vous, les monstres, lui avez fait, comment l'un d'entre vous l'a mordu et l'a nourri de sang de vampire. Il m'a dit qu'il continuerait à se battre contre votre espèce, mais que ce n'était pas possible, bien sûr.

— Oh mon Dieu ! s'exclama Isabella. Pas Giovanni. Je t'en prie, dis-moi que ce n'est pas vrai.

Raphael vit les larmes monter dans les yeux d'Isabella alors qu'elle le regardait. La détesterait-elle maintenant pour ce que ses proches avaient fait à l'homme qu'elle avait aimé ? Il chercha dans ses yeux un signe qui lui permettrait de savoir si elle resterait à lui. Mais ses larmes l'empêchaient de voir au-delà de son chagrin immédiat.

— Oui, répondit Massimo. C'est ce qu'il t'a fait. Il t'a rendue veuve.

Il désigna Raphael du doigt.

— Il a pris l'homme que nous aimions.

— Je n'ai rien fait de tel, clama Raphael. Oui, c'est un vampire qui l'a changé, mais ce n'est pas moi, et ce n'est certainement pas l'un des nôtres qui l'a tué.

Il prit un risque. S'il avait raison dans son évaluation de Massimo, l'homme ne pourrait pas résister à l'appât.

— Il s'est noyé, reprit Isabella.

Raphael hocha la tête.

— Oui, il s'est noyé parce qu'il était un vampire et que les vampires ne flottent pas naturellement. Ils ne peuvent pas se maintenir hors de l'eau. Tout comme moi.

— Oui, et Giovanni le savait, interrompit Massimo. Il savait, quand je l'ai poussé dans le canal, qu'il ne survivrait pas. Il m'a regardé, incrédule, mais il aurait dû se douter que je ne pouvais pas le laisser vivre. Il était devenu une créature si vile qu'il n'y avait qu'une seule chose à faire. Il aurait dû comprendre. Je l'aimais comme un frère et je l'ai fait pour lui.

Un sanglot s'échappa de la poitrine d'Isabella. Raphael la regarda, mais elle détourna la tête et s'affala dans les draps, face à lui. L'avait-il perdue ? Cela signifiait-il qu'elle le détesterait désormais pour ce qu'avait fait l'un de ses frères ?

— Isabella. Je suis désolé.

Elle resta silencieuse.

— Eh bien, il semble que tout a été dit.

Au moment où Massimo armait son fusil, l'ouïe sensible de Raphael perçut le bruit de la porte d'entrée qui s'ouvrait.

— Attendez.

Il devait le faire patienter quelques secondes de plus jusqu'à l'arrivée des renforts.

— Dites-moi, au moins, comment vous avez su que c'était moi. Je le mérite, non ?

Massimo rit, mais ce rire était loin d'être amical.

— Rien de plus facile. Un domestique m'a informé que vous aviez frôlé la noyade dans le canal. J'ai donc enquêté et j'ai appris qu'un de mes collègues Gardiens avait jeté un vampire à l'eau cette nuit-là. Il n'a pas été difficile de comprendre que c'était vous. Vous avez peut-être échappé à la mort une fois, mais maintenant, vampire, vous allez mourir.

Un coup de feu retentit au moment où la porte s'ouvrit. Raphael ferma les yeux et s'arc-bouta contre la douleur que la balle d'argent allait lui infliger quelques secondes avant que sa force vitale ne s'échappe de son corps.

— Je t'aime, Isabella, murmura-t-il en guise d'adieu alors que les cris de son frère et de Lorenzo emplissaient la pièce.

— Qu'est-ce que c'est que ce bordel ? s'écria Dante.

— Raphael ! cria Lorenzo. Tu vas bien ?

Raphael ouvrit les yeux. Il ne ressentait aucune douleur.

— Je ne sais pas.

Puis ses yeux cherchèrent Isabella. Elle s'était redressée, le drap qui recouvrait ses seins s'amassant sur ses genoux, son arme à la main, toujours pointée vers l'endroit où Massimo s'était tenu.

— Il est mort, dit Dante. Massimo est mort.

— Isabella ?

Raphael essaya d'attirer son attention. Enfin, elle se retourna pour le regarder. Elle scruta longuement son corps.

— J'ai cru que j'arrivais trop tard.

Puis elle se blottit contre lui, appuyant sa tête sur sa poitrine, car ses poignets étaient encore liés et il ne pouvait pas l'étreindre.

— Tu m'as sauvé.

Un raclement de gorge lui fit tourner la tête vers son frère et Lorenzo. Il leur lança un regard sévère.

— Pourquoi vous a-t-il fallu tant de temps ? Je pensais que vous le suiviez.

— Nous l'avons suivi, mais ce rusé personnage nous a piégés avec un leurre qui portait les mêmes vêtements que lui. Nous l'avons perdu. Quand nous l'avons remarqué, nous avons eu l'intuition qu'il s'en prendrait à toi ou à Isabella. Comme nous n'avons trouvé ni l'un ni l'autre chez Isabella, nous sommes immédiatement venus ici, expliqua Lorenzo.

— Et maintenant que c'est clair, voudras-tu m'expliquer pourquoi tu es attaché dans ton propre lit ? sourit Dante.

— C'est entre ma femme et moi.

Isabella leva la tête, puis tira sur le drap pour couvrir sa poitrine nue.

— Veux-tu que je te détache ? proposa Dante.

Raphael regarda Isabella et sourit.

— C'est à Isabella de décider.

L'étincelle était revenue dans ses yeux, les larmes oubliées. Sans se tourner vers Dante, elle répondit :

— Je n'en ai pas fini avec lui.

Son cœur manqua un battement à la promesse cachée dans sa voix.

— Tu as entendu ma femme, Dante. Pourriez-vous quitter notre chambre et emporter le corps avec vous ? Ma chère épouse et moi devons discuter de certaines choses.

Dante secoua la tête.

— Comme je l'ai déjà dit : un amoureux transi. Un imbécile très chanceux.

Une fois que Dante et Lorenzo eurent quitté la pièce, le silence s'installa. Seule la respiration d'Isabella se faisait entendre.

— Mon ange, c'est la deuxième fois que tu m'as sauvé. J'espère que tu te rends compte que, maintenant ma vie t'appartient.

— Et ton corps ? demanda-t-elle.

— Mon corps était déjà tien bien avant cela.

Il l'embrassa doucement.

— Maintenant, détache-moi. Je veux te prendre dans mes bras et te remercier.

— Pas encore. Je voudrais d'abord te demander quelque chose.

— Alors, demande.

— Est-ce que ça fait mal ?

— Quoi donc ?

— Ta morsure.

Une flamme ardente traversa son corps. Est-ce qu'elle envisageait ce qu'il croyait qu'elle faisait ?

— Quand je me nourris d'un humain ? Non, ça ne lui fait pas mal. Mes crocs sont enduits d'une substance qui atténue la douleur jusqu'à la rendre inexistante.

— Les nuits où tu as quitté notre lit, es-tu allée te nourrir auprès des humains ?

— Pas tous les soirs. Je ne ressens le besoin de me nourrir que tous les trois jours. Pourquoi veux-tu savoir tout ça ?

— Veux-tu te nourrir de moi ?

Ses battements de cœur s'accélérèrent soudainement.

— Oh, mon Dieu, Isabella ! Je ne peux pas penser à quelque chose que je veux plus, sauf faire l'amour avec toi. Mais tu sais que tu n'es pas obligée de faire ça.

— Je le veux.

Pouvait-il être aussi chanceux ? Et si elle lui permettait de le faire, l'autoriserait-elle un jour à la transformer en vampire pour qu'elle ne vieillisse pas et ne meure pas ? Pour qu'ils puissent passer l'éternité ensemble ? Son cœur débordait d'optimisme à l'idée d'un avenir radieux. Il tira sur ses liens et chuchota :

— Alors, délivre-moi de ces entraves.

Isabella se redressa et ses seins se balancèrent devant lui, offrant ses mamelons à sa bouche. Celle-ci s'enroula autour d'un de ses tétons et l'aspira avidement. Le gémissement d'Isabella résonna dans la pièce. Il laissa le mamelon s'échapper de sa bouche.

— Vite, mon amour.

Dès qu'elle l'eut détaché, Raphael lui arracha sa culotte et l'amena sous lui. Elle était luisante d'excitation, un parfum qui titillait ses narines.

— Merci.

Il s'enfonça en elle d'un coup, s'enfouissant jusqu'à ses couilles dans son fourreau serré.

Isabella inclina légèrement la tête comme une invitation.

— Nourris-toi de moi, mon amour.

Son regard quitta la veine de son cou pour se poser sur ses seins magnifiques. Il hésita un instant, puis il sentit qu'elle l'observait.

— Tu veux te nourrir de mes seins ? demanda-t-elle avec de la surprise dans la voix.

— Seulement si tu le permets.

Il leva la tête et le regarda dans les yeux.

— Tes seins sont si parfaits, si pleins et si mûrs, que je ne vois rien de mieux que d'avoir le visage enfoui dedans quand je prendrai ton sang en moi.

Il lécha son mamelon qui se raidit en réponse.

— Alors, vas-y. Il n'y a rien de tabou entre nous, répéta-t-elle, citant ses paroles précédentes.

Lentement, ses canines descendirent et effleurèrent sa peau. Il sentit un frisson le parcourir. En même temps qu'il reculait ses hanches et pénétrait en elle, il enfonça ses crocs dans sa chair moelleuse et l'aspira. Le liquide abondant recouvrit sa langue, son goût et son odeur le rendirent presque fou.

Tandis qu'il s'enfonçait et ressortait de son canal chaud et humide, il absorbait son essence dans son corps. Il n'y aurait jamais d'autre saveur qu'il désirerait pour le reste de sa vie que le sang sucré d'Isabella.

À PROPOS DE L'AUTEUR

De nationalité allemande, Tina Folsom vit depuis plus de 30 ans dans des pays anglophones. Elle a d'ailleurs épousé un Américain et s'est établie en Californie en 2001.

Elle a toujours été attirée par les vampires. Depuis 2008, elle a publié 50 livres en anglais et plusieurs dizaines dans d'autres langues (français, allemand, espagnol et italien). De plus, elle fait actuellement traduire l'ensemble de ses livres en français.

Tina apprécie recevoir des commentaires de ses lecteurs. Pour cela, vous pouvez lui écrire à l'adresse électronique suivante:

tina@tinawritesromance.com
https://tinawritesromance.com

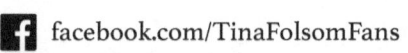
facebook.com/TinaFolsomFans
instagram.com/authortinafolsom

www.ingramcontent.com/pod-product-compliance
Lightning Source LLC
LaVergne TN
LVHW041854070526
838199LV00045BB/1591